DE TIJGER VAN PAULIEN

Inhoud

Reina Ollivier

De tijger
van Paulien

UITGEVERIJ
DE EENHOORN

Voor Willem, onze gids in Bangladesh, een fantastische kerel.
R.O.

Met dank aan Basisschool De Vierklaver
M.M.

CIP-gegevens: Koninklijke Bibliotheek Albert I
© Tekst: Reina Ollivier
© Illustraties en omslagtekening: Marijke Meersman
Druk: Oranje, Sint-Baafs-Vijve

© 2007 Uitgeverij De Eenhoorn bvba, Vlasstraat 17, B-8710 Wielsbeke

D/2007/6048/45
NUR 283
ISBN 978-90-5838-447-8

NEDERLANDSE
KINDERJURY
2008

www.eenhoorn.be

1. De zwerftocht

Aan de rand van de straat staat een aantal kleurrijke riksja's* netjes naast elkaar. Paulien speurt tussen de wielen en stangen naar Hamid. 's Ochtends helpt hij in de bakkerij van zijn vader, maar na de middag verdient hij wat geld bij als riksjaboy. Hamid is Pauliens favoriete riksjaloper. Hij spaart voor een riksjafiets, want riksjalopers tellen nauwelijks mee. Paulien wil hem graag helpen en kiest altijd voor zijn riksja. Ze kent de plekken waar Hamid mag staan.

'Ritje? Niet duur!' roepen de riksjarijders.

Ze dringen dicht om Paulien heen, zodat ze amper nog een stap kan verzetten.

'Zachte kussens! Mooie gordijntjes!'

Paulien zwaait afwerend om hen op afstand te houden, maar veel helpt dat niet. Dan is er maar één oplossing:

'WRRAA!!'

Paulien brult als een tijger en dat heeft effect. Geschrokken deinzen de riksjarijders terug. Paulien grinnikt. De tijger in haar buik helpt haar altijd. Laat de riksjarijders maar denken dat ze gek is. Daardoor krijgt ze tenminste wat bewegingsruimte. De riksja van Hamid is nergens te zien. Jammer, denkt ze, ik had graag de laatste nieuwtjes uit de bakkerij gehoord. Ze kan niet te lang wegblijven. Haar vader mag niet weten dat ze regelmatig wegsluipt. Als hij wist waar ze rondhangt, zou hij woest zijn. Hij is bang dat er iets met haar gebeurt. Hij is ambassadeur en krijgt vaak te maken met mensen die in de problemen zitten. Phoe, denkt Paulien. Alsof ik mijn mannetje niet kan staan. Ik ken beter mijn weg in de smalle straatjes van Dhaka* dan wie ook! Er valt zoveel te beleven in de oude stad dat Paulien echt niet binnen de muren van de ambassade kan blijven. Ze is dol op de steegjes met kleine winkeltjes, waarvan de helft van de koopwaar op straat staat. Ze geniet van de kleuren en de geuren. Soms neemt Paulien een riksja. Zo heeft ze Hamid ontmoet. Hij kent alle straatjes en weet elke file te ontwijken. En... hij woont in de beste bakkerij van Dhaka! Het ruikt er heerlijk naar versgebakken brood. Paulien krijgt er altijd koekjes. En af en toe mag ze het deeg helpen kneden in de ruimte achterin waar de oven staat. Dat is pas cool. Iedereen zit op de grond en tijdens het werk worden er verhalen verteld: spannende geschiedenissen over moord en wraak, over goden en godinnen en onmogelijke liefdes. Vooral de grootmoeder van Hamid vertelt. Ze is blind en stokoud, maar als ze verhalen vertelt, hangt iedereen aan haar lippen.

Ik wou dat ik zo'n oma had, denkt Paulien voor de zoveelste keer. Haar ouders vertellen nooit verhalen. Op de ambassade gaat het er altijd stijf deftig aan toe. Met opgestoken wijsvinger benadrukt haar vader het belang van 'Orde en regelmaat', en 'Glimlachen en belangstelling tonen' is het lievelingszinnetje van haar moeder. Ze hebben allebei een hekel aan gekke invallen en verrassingen. Ik zou papa graag vertellen over die verhalen in de bakkerij, droomt Paulien, terwijl ze langs het rijtje riksja's wandelt. Ik zou willen dat papa naast me bij de oven kwam zitten en zijn wangen voelde gloeien. Hij zou moeten voelen hoe leuk het is om samen op te gaan in een verhaal. In de bakkerij kan iedereen prins of god worden en alle avonturen en gedachten langzaam in het deeg kneden. Misschien krijgen het brood en de koekjes daardoor die bijzondere smaak waar bakkerij Aminul bekend om staat. Maar Paulien zal haar vader nooit kunnen overhalen om mee te komen. Geen tijd. En haar moeder... Paulien schudt haar hoofd. Mama zou nooit van de broodjes eten als ze wist hoe ze gemaakt worden.

Paulien strijkt met haar duim over de kap van een riksja. Hamid komt niet opdagen. Misschien gaat ze nog even bij Margot van de Nederlandse ambassade langs. Bij Margot is ze altijd welkom. Daarom gebruikt ze het huis van Margot vaak als eindhalte na een zwerftocht door de stad. 'Ik ben bij Margot geweest,' zegt ze dan tegen haar moeder. En dat is niet gelogen. Uit een steeg klinken luide mannenstemmen.

'Hé! Dat gaat zomaar niet, kerel!'

'Ja maar...'

'Nee, dat was de afspraak niet!'

De ruziënde stemmen worden heftiger en steeds meer mensen gaan kijken wat er aan de hand is.

'Pas op, Shing! Je wilt toch niet...?'

'Daar heb je zelf om gevraagd!'

De riksjarijders strekken hun hals om niets van het schouwspel te missen. Paulien is te klein om te zien wat er gebeurt, maar ze voelt dat er spanning in de lucht hangt. Opeens klinkt er een schot. Er wordt gegild. Tientallen benen lopen Pauliens kant uit. Voor ze beseft wat er gebeurt, wordt ze voortgestuwd. Heel even voelt Paulien paniek, maar dan gromt de tijger in haar buik. Met gebalde vuisten wringt Paulien zich tussen de zwetende lichamen naar de kant van de straat. Daar duikt ze onder een riksja. Met bonzend hart blijft ze liggen. Vele voeten snellen voorbij. Blote voeten vol stof, voeten in sandalen en voeten in nette schoenen. Bijna allemaal mannenvoeten. Paulien sluit haar ogen en wacht. Stilaan neemt het lawaai af. Het opstootje is voorbij. Paulien opent haar ogen en kijkt in het verbaasde gezicht van een man.

'Hallo!' zegt ze vrolijk, alsof het heel normaal is dat ze daar ligt. Ze kruipt uit haar schuilplaats en klopt het stof van haar kleren. 'Is dat jouw riksja?' vraagt ze.

De man knikt en glimlacht. Hij is graatmager, in zijn mond staat hier en daar een rotte tand. Hij ziet er stokoud uit. Maar zijn donkere ogen zijn warm.

'Je hebt de mooiste riksja van allemaal!' zegt Paulien.

Het is waar. De zilveren spijkers tegen de achterwand vormen een prachtig patroon en de rode kwastjes aan de gordijnen maken van de loopkar een koninklijk rijtuig. De man glimlacht trots. Hij kijkt verwachtingsvol naar Paulien.

'Naar de Nederlandse ambassade, alsjeblieft,' zegt ze.

Paulien klimt op het zitbankje. De riksja wiebelt en kraakt. De magere man grijpt de armen van de kar beet en begint te rennen. Paulien zet zich schrap om niet uit de riksja te vallen.

2. Ochtendgroet

Bangla Beppie haalt de dopjes uit haar oren. Ze rekt zich behaaglijk uit in het dubbele bed.

'Een prima idee van Emilia,' zegt ze. 'Nu word ik tenminste niet meer wakker van mijn eigen gesnurk!'

Ze zwaait haar benen over de rand van het bed en trekt haar slippers aan. Meteen slaat de airco aan, alsof hij op dit signaal gewacht heeft om lawaai te maken. Bangla Beppie schuift de overgordijnen opzij en zet de deuren naar het terras open. De vochtige warmte van Bangladesh valt naar binnen. De lucht ruikt niet lekker, maar de hemel is zuiver blauw.

'Ik ben de eerste,' knikt Bangla Beppie tevreden.

Vanuit de mangoboom wordt meteen geprotesteerd door de buulbuul*. Hij is een vaste gast in haar tuin, net als de twee brutale eksters, die door het opgeschoten gras huppelen. Bangla Beppie kijkt van de eksters naar de bananenbomen bij de muur.

'Vroeger was hier een zee van groen,' zucht Bangla Beppie. 'De apen zaten elkaar krijsend achterna en de wind

11

ruiste door de bomen. Ach, vroeger...' Bangla Beppie kijkt naar de kale woonblokken achter de bananenbomen. Ze werden een paar jaar geleden aan drie kanten om haar huis opgetrokken. Intussen is het beton al aangetast door schimmel. Het vochtige Bengaalse klimaat gunt gebouwen en mensen geen lang leven. Maar Bangla Beppie voelt zich vanochtend jong en krachtig en tot alles in staat.

'Weet je wat?' roept ze naar de rotte betonblokken links. 'Ik leef met plezier! En weet je wat nog meer?' roept ze naar de grauwe schimmelflats op rechts. 'Ik geniet elke dag meer!' Bangla Beppie luistert of er een antwoord komt, maar zoals altijd blijft het stil in de gebouwen. Geen raam gaat open, geen gordijn beweegt. De buulbuul is geschrokken verdwenen en ook de eksters zijn weggevlogen. Alleen de shaliks* op de daken laten nog luidkeels van zich horen. Een paar straten van haar voordeur vandaan, op de ring rond de stad, is aan geluid geen gebrek. Auto's, bussen, riksja's en vrachtwagens toeteren, ronken en rinkelen overal doorheen. Bangla Beppie ruikt de benzinedampen en het opwaaiende stof.

'Waarom werken mensen op zo'n mooie dag? Ik heb zin om een feest te geven.' Ze knipt met haar vingers. 'Laat de muziek maar komen!'

Bangla Beppie tilt haar nachtkleed op, draait haar hoofd koket naar links en maakt een paar danspasjes. De gebarsten terrastegels vloeien in elkaar tot een gladde vloer, waar ze overheen zweeft. Nou ja, zweeft... Ze komt niet verder dan een eerste aanzet, want de antislipzolen van haar slippers remmen haar piepend af.

'Ach, Emilia, met je praktische geest!'

Geprikkeld werpt Bangla Beppie een blik op haar slippers, een cadeautje van haar vriendin Emilia. Eigenlijk had Emilia haar donkerbruine slippers gegeven, maar gelukkig kon Bangla Beppie ze inruilen voor een knalrood paar. Maar ook knalrode slippers kunnen een mens aardig afremmen. Bangla Beppie schopt ze kordaat uit.

'Hoplakee, weg ermee!' Met een forse zwaai wil Bangla Beppie de slippers de slaapkamer in mikken, maar in een grote boog zeilen ze de slaapkamerdeur voorbij. Ze vliegen over de terrasleuning de tuin in. Eentje landt in het hoge gras en de andere hangt als een verdwaalde papegaai in de mangoboom. Bangla Beppie probeert de slipper te pakken, maar ze kan er net niet bij. Op haar zijden sokken rent ze naar binnen om een bezem te halen. De sokken hebben geen antislipzolen. Gillend glijdt Beppie over de gladde slaapkamervloer. Ze klampt zich vast aan de gordijnen, maar ook die zijn glad en Bangla Beppie maakt een pijnlijke landing.

'Sakkerlootjes, Elisabeth!* Doe het toch wat rustiger aan op je oude dag,' berispt ze zichzelf. 'Straks dondert de hele boel naar beneden!' Ze voelt waar de blauwe plekken zullen verschijnen. 'Eigen schuld, en hier en daar een bult,' giechelt ze.

Iets minder jong en krachtig probeert Bangla Beppie even later om de slipper met een bezem uit de boom te slaan. Het wil niet lukken. Het zweet gutst van haar voorhoofd. 'Wie niet lang is, moet klimmen,' mompelt ze. Ze klimt op de terrasleuning en steekt de bezem omhoog. 'Sakkerlootjes! Het is niet eenvoudig om die lange stok te besturen!'

De terrasleuning wiebelt en Bangla Beppie wiebelt mee, maar toch slaagt ze erin om de slipper los te wrikken. 'Gelukt!' roept ze tevreden. Ze wil de bezem uit de boom trekken, maar die zit vast tussen twee takken. Bangla Beppie geeft er een paar nijdige rukken aan, maar de bezem blijft hangen waar hij hangt. De leuning wiebelt gevaarlijk en Bangla Beppie verliest haar evenwicht.

'Aaaah!' Weer een pijnlijke landing! In de mangoboom zwaait de bezem plagend heen en weer.

'Ja, lach me maar uit!' moppert Bangla Beppie. Ze strekt

14

haar armen, steekt haar benen in de lucht. 'Ik ben nog helemaal heel,' stelt ze opgelucht vast. Ze blijft nog even liggen. In gedachten ziet ze zichzelf in de weer met de bezem. Er borrelen een paar schokkerige giechels op en een paar seconden later klatert haar lach door de tuin. Bangla Beppie ligt op het terras, op haar rug, te brullen van plezier.

'Hè, hè,' zucht Bangla Beppie. 'Als dat geen ochtendgymnastiek was.'

Ze komt voorzichtig overeind. Het zweet loopt in straaltjes langs haar lichaam. Op hetzelfde ogenblik ziet Bangla Beppie een jongetje achter een raam staan.

Ze maakt een keurige buiging. 'Een mooie voorstelling, speciaal voor jou!' roept ze.

Ze zwaait hem vrolijk toe. Aarzelend zwaait hij terug. Bangla Beppie schuifelt op haar sokken naar binnen. Ze trekt haar kleerkast open, het lijkt wel alsof er een paar potten verf in ontploft zijn. Bangla Beppie is dol op felle kleuren. Ze zoekt iets dat geschikt is voor deze mooie dag. Ze kiest voor een tuniek met bonte kleuren en een losse broek. 'Mooi, en veel bewegingsruimte,' knikt ze. Na een verfrissende douche zwaait Bangla Beppie haar been over de trapleuning en glijdt naar beneden.

3. Bezoek

Bangla Beppie bestrooit een dadelbroodje met hagelslag en snijdt een stuk van de gekonfijte vruchtenkoek. Die haalt ze bij Aminul. Terwijl Bangla Beppie dadelbrood en vruchtenkoek in haar mond stopt, neemt ze haar mobieltje. Ze drukt de toets in van haar vriendin Emilia en weet dat ze zich niet hoeft te haasten om haar eten door te slikken. Zeventien, achttien... als er na twintig rinkels niet wordt opgenomen, is Emilia niet thuis. Maar meestal is ze in een romantisch boek verdiept en dan vergeet ze alles om zich heen. Bangla Beppie veegt het zweet van haar voorhoofd. Ondanks de airco blijft de lucht vochtig.

'Hallo?' zegt Emilia eindelijk.

'Goedemorgen mevrouw, ik bel u in verband met die telefoonrekening,' antwoordt Bangla Beppie met een zangerige stem.

'Telefoonrekening?' vraagt Emilia aarzelend.

'We hebben die rekening een maand geleden opgestuurd en ze is nog steeds niet betaald, mevrouw,' gaat

Bangla Beppie verder.

'Niet betaald? Dat spijt me, maar ik kan me niet herinneren...' zegt Emilia geschrokken.

'Ja, dat vreesden we al. Daarom wilden we u persoonlijk contacteren. Misschien kunt u vandaag even langskomen om dit te regelen?'

'V... vandaag?' antwoordt Emilia.

'Inderdaad! We verwachten u in de loop van de namiddag op het adres van Elisabeth Steegmans.'

'... van Elisabeth Steegmans?' herhaalt Emilia langzaam.

'Ja, bij mij dus!' schatert Bangla Beppie.

'Elisabeth!' roept Emilia uit. 'Niet te geloven! Je hebt me weer beet!'

'Geen kunst! Je bent veel te goedgelovig, Millie,' plaagt Bangla Beppie. 'Heb je zin om langs te komen?'

Het blijft even stil aan de andere kant van de lijn. 'Ik zit net iets spannends te lezen,' aarzelt Emilia. 'Wat wil je gaan doen?'

Bangla Beppie wacht even voor ze antwoord geeft. 'Ik wil je mijn nieuwste artistieke creatie laten zien,' zegt ze. Ze laat haar stem diep en deftig klinken.

'Ik zal maar niet verder vragen,' zucht Emilia. 'Je geeft toch nooit een normaal antwoord. Zal ik wat lekkers meebrengen?'

'Niet nodig, ik heb nog vruchtenkoek van Aminul.'
'Heerlijk!' zegt Emilia opgetogen. 'Ik hoop wel dat je thuis blijft tot ik voor je deur sta. Het zou niet de eerste keer zijn dat je verdwenen bent als ik aanbel!'
'Ik wacht op je, Millie!' zingt Bangla Beppie en ze legt de hoorn weer op de haak. 'Die Emilia! Je moet haar altijd een worteltje voor de neus houden. Nee, een koekje!'
Bangla Beppie stopt het mobieltje in haar broekzak en staart naar het door onkruid overwoekerde pad. Het wordt tijd dat Shing de tuin komt doen. In een tropisch land groeien planten erg snel. Als er niet gauw gewied wordt, kan de automatische poort niet meer open, het gaat nu al tergend traag. Voor de ongeduldige Bangla Beppie lijkt het een eeuwigheid. Ze rukt een paar banan-enscheuten uit en gaat op het bankje onder de man-goboom zitten.
'Asalaam alykum*! Hellooo!' klinkt een mannenstem aan de andere kant van de poort.
'Ben jij dat, Shing?' roept Bangla Beppie verrast.
'Nee, is Abdur!' antwoordt de stem.
'Dat is een tijdje geleden, Abdur! Ik dacht al dat je weg was,' zegt Bangla Beppie.
'Business, Beppie Ma*. Business in andere stad. En nu ik weer iets voor jou hebben,' antwoordt Abdur.

'Goed! Ik kom eraan,' zegt Bangla Beppie.

Ze houdt van de manier waarop Abdur haar aanspreekt. Beppie Ma klinkt zangerig en lief. De eerste dag dat ze hier woonde, dook Abdur bij de poort op. Hij charmeerde Bangla Beppie meteen met zijn grappige taaltje en hij gaf haar het gevoel dat haar verhuizing een goede beslissing was. Zijn ogen hebben de kleur van dadels en Bangla Beppie is dol op dadels.

Bangla Beppie sleept een oude stoel tot bij de poort en klimt erop. Met enige moeite grijpt ze de spijlen op de hoge afsluiting vast.

'Aste, aste*! Voorzicht, Beppie Ma,' zegt Abdur, die haar luid hoort ademen. 'Geen haast.'

'Ik wel,' puft Bangla Beppie. 'Ik heb nog een heel programma af te werken. Zo, Abdur, blij dat ik je weer zie. En wat heb je me te bieden?'

Abdurs gezicht is één grote glimlach. 'Wacht, Beppie Ma, ik tonen. Wacht!' Abdur ritselt in de plastic zakken van zijn sporttas en haalt er met een triomfantelijk gebaar drie dassen uit.

Bangla Beppie schudt haar hoofd. 'Abdur, daar kan ik niets mee aanvangen,' zegt ze. 'Dit is een huis zonder mannen, dat weet je.'

'Voor zoon in ver land!' probeert Abdur.

Bangla Beppie klemt haar vingers stevig om de spijlen van de poort. 'Neen,' zegt ze. 'Heb je niks anders?'

De dassen verdwijnen weer in de sporttas en het geritsel herbegint. Met enige moeite gluurt Bangla Beppie in de tas. 'Wat zijn die gele dingen?' wijst ze.

'Dat? Haha!' Abdur schatert het uit van het lachen. 'Nee, Beppie Ma, niets voor jou. Gymschoenen.'

'Mijn beste jongen,' zegt Bangla Beppie beledigd. 'Dat maak ik zelf wel uit. Joggen, waarom niet? Je bent nooit te oud om ergens aan te beginnen.'

Abdur stopt met lachen en staart haar aan. Heeft Beppie Ma werkelijk interesse voor die loopschoenen? Zijn zakelijke geest gaat meteen aan het werk. 'Prima kwaliteit, Beppie Ma. Kijk. Welke maat?' vraagt hij.

'Ik heb maat 41. Ik leef op grote voet,' lacht Bangla Beppie.

Abdur gaat op zijn tenen staan en reikt haar een gele schoen aan. Bangla Beppie strekt haar arm door de spijlen om hem te pakken. 'Te groot,' zegt ze, op de binnenzool staat duidelijk: 42. Abdur rommelt opnieuw in zijn tas en geeft haar weer een 42. 'Dit kleine maat,' zegt hij vol overtuiging. 'Jij passen.'

'Vooruit dan maar,' glimlacht Bangla Beppie en ze neemt de schoen aan. Een voorbijlopende riksjajongen kijkt nieuwsgierig toe. Bangla Beppie laat zich achter de poort zakken en gaat op de stoel zitten. Natuurlijk is de schoen te groot.

'Goed?' vraagt Abdur.

'Te groot!' roept Bangla Beppie.

'Voet groeien in schoen. Ik gooien ander schoen? Jij lopen en voelen, alles goed.'

'Mijn voeten groeien niet meer!' roept Bangla Beppie, die zich al op het afdingen van de prijs voorbereidt. 'Te groot is te groot.'

'Nee, nee! Proberen,' zegt Abdur 'Pas op, Beppie Ma! Ik gooi ander schoen.'

De schoen suist door de lucht en Bangla Beppie rent er op slipper en gymschoen heen. 'Hebbes!' gilt ze triomfantelijk.

'Jij oké, Beppie Ma?' vraagt Abdur ongerust.

'Ja, hoor,' hijgt Bangla Beppie, terwijl ze de tweede schoen aantrekt. Ze maakt een paar sprongetjes.

'Goede kwaliteit, Beppie Ma!' roept Abdur. 'Voor 50, omdat jij bent.'

'50? Abdur, ben je gek? Ik geef er 20 voor,' zegt Bangla Beppie.

'Ik failliet gaan! 40,' stelt Abdur voor.

'Voor de juiste maat zou ik je 40 geven. Maar deze zijn

te groot. 20!'

'Na*, na, Beppie Ma. Kan niet, kan niet,' protesteert Abdur.

'Goed,' zegt Bangla Beppie beslist. 'Dan trek ik ze weer uit.'

Ze maakt geen aanstalten om de veters los te knopen. Abdur kan haar toch niet zien.

'30!' roept Abdur na een korte stilte. 'Alleen voor jou. Maar aan niemand zeggen,' zucht hij.

'Beloofd,' glimlacht Bangla Beppie. 'Even mijn geld halen.' Ze jogt naar de keuken en terug. 'Pff,' hijgt ze. 'De conditie is niet meer wat ze geweest is...'

Ze klimt op de stoel en reikt Abdur het geld aan tussen de spijlen van de poort. 'Alsjeblieft. Ik zal je laten weten wanneer ik aan de Olympische Spelen meedoe.'

'Dhonnobad* - Dank je, Beppie Ma! Aashec*,' zegt Abdur. Hij gooit zijn tas over zijn schouder en slentert naar de volgende poort.

4. Op de ambassade

Bij het traliehek voor de ambassade leunen twee wachters loom tegen hun wachthokje. Het is rustig vandaag: geen feest, geen bezoekers en dus geen extra werk. De siertuin met de lachende kabouters ligt er verlaten bij. De vissen in de vijver bewegen amper. Alleen de wachter bij de voordeur marcheert langs de brede ingang, houdt halt bij de muur, klapt zijn hakken tegen elkaar, draait om en keert weer terug.

Voor het raam op de eerste verdieping staat een elegante vrouw. Ze klemt het oortje van een porseleinen kopje tussen duim en wijsvinger, steekt haar pink omhoog en neemt voorzichtig een slokje. 'Begrijp jij wat dat uitschot in deze buurt komt zoeken?' zegt de moeder van Paulien. Ze kijkt afkeurend naar de vuile ramen van het huis aan de overkant. De torenhoge rommel in de kamers is vast een broeihaard van bacteriën. De moeder van Paulien laat haar hand op de verrekijker rusten en schudt haar hoofd.

Haar man, de ambassadeur, draagt een onberispelijk

donkerblauw pak en een wit, gesteven overhemd. Zijn kaarsrechte rug is precies tien centimeter van de leuning van de stoel verwijderd en in zijn handen heeft hij het laatste nummer van het ambassadeblad. Rechts op een tafeltje, binnen handbereik, staat zijn kopje koffie. De ambassadeur kijkt even op uit zijn vakblad. 'Het is betreurenswaardig, Anja,' mompelt hij.

Hij kijkt naar zijn vrouw in haar lichtgroene mantelpak. Ze ziet er precies uit zoals het hoort. Een ambassadeursvrouw moet op elk ogenblik gasten kunnen ontvangen. Ze moet respect afdwingen. Dat is belangrijk als je je in de hoogste kringen beweegt en op belangrijke diners wordt uitgenodigd. De ambassadeur strijkt door zijn haar. Hij heeft zorgen. Er worden de laatste tijd nogal wat aanslagen op ambassades gepleegd. Hopelijk heeft Bill van de Amerikaanse ambassade nieuws over de complotten die vijanden smeden.

'En mammie, coole kerels te zien?' Paulien duikelt met een radslag de kamer in.

De ambassadeur fronst geërgerd zijn wenkbrauwen. Waarom kan zijn dochter nooit eens gewoon doen? 'Waarom heb je die afschuwelijk roze broek aan?' zegt hij met een blik vol afgrijzen. 'Anja, ik dacht dat je het kindermeisje daarop had aangesproken?'

'Schat, ik heb het kindermeisje erop aangesproken,' zegt Pauliens moeder koel. 'Asha zou die kleren meenemen voor een nichtje.'

'Asha wordt betaald om bevelen uit te voeren. Als ze dat niet doet, ontsla ik haar. Er zijn kandidaten genoeg voor haar functie.'

'Dit zijn mijn lievelingskleren,' protesteert Paulien. 'Ik heb aan Asha gezegd dat ik boze geesten in die kleren laat wonen als zij ze wegneemt.'

De moeder van Paulien slaat ontzet haar handen voor haar mond. De ambassadeur vouwt het ambassadeblad dicht en strijkt een paar keer over de vouw aan de zij-kant. 'Luister eens goed, ik wil je niet meer zien in die vodden! Je doet ze weg, anders...'

'Wat anders?' vraagt Paulien nieuwsgierig.

De ambassadeur hapt naar adem. Zo'n brutaal nest. Van wie heeft ze dat? vraagt hij zich af.

'Is het lekker gluren bij de buren, mama?' vraagt Pau-lien. 'Op dit plekje kun je tot achter de deur van de twee-de kamer zien. Knappe jongens, maar misschien een beetje jong voor je.'

'Paulien!' zegt Anja verontwaardigd. 'Het is niet netjes om bij de buren te gluren. Daarvoor dient een verrekijker niet.' Ze doet de doppen op de verrekijker.

'Jij bestudeerde natuurlijk de koi* in de vijver?' grinnikt Paulien. 'Ze zien er inderdaad niet gezond uit. Goed dat je hen in de gaten houdt.'

'Paulien! Een beetje respect graag, wanneer je tegen je moeder spreekt,' barst de ambassadeur uit. 'En bind je haren bij elkaar. Hou die ordinaire krullen in toom.'

'Ik ben mijn lint kwijt. Overal gezocht, nergens te vinden.'

De ambassadeur heeft er genoeg van. 'Je gaat me toch niet vertellen dat je maar één lint hebt!'

De moeder van Paulien kijkt haar dochter boos aan. Alledrie staan ze doodstil. Net standbeelden. Paulien vindt het best moeilijk om niet met haar ogen te knipperen. Buiten rinkelt de bel van een riksja.

De ambassadeur trekt ongeduldig zijn das recht. 'Wat sta je hier te lummelen, Paulien? Zoek een lint en ga spelen! Nu!' Hij wappert met zijn hand alsof hij een insect verjaagt. Paulien buigt zoals ze de dienstmeisjes vaak ziet doen en lacht. Maar haar vader lacht niet terug. Hij leunt vermoeid achterover en sluit zijn ogen.

'Je vader wordt erg moe van je, Paulien,' zegt haar moeder. 'Ga nu maar spelen.'

'Spelen in je eentje is saai,' doet Paulien een laatste poging. 'Willen jullie niet mee verstoppertje spelen?' Geen reactie. Weer veranderen haar ouders in koude standbeelden. Paulien heeft er genoeg van. 'Ik ga al,' zegt ze en ze buitelt de kamer uit.

'Laat ik maar weer Indische poppetjes knippen, zoals Asha me geleerd heeft,' mompelt Paulien tegen de tijger. En dan nog zachter, 'al zou ik liever een gat in de ambassade knippen. Een groot gat met een geheime gang naar de bakkerij van Hamid. En als er geen deeg gekneed moet worden, ren ik naar de straten met de rinkelende riksja's en de duizenden mensen die allemaal onderweg zijn. En dan loop ik zomaar met ze mee. Misschien naar een boot in de haven, dan ga ik mee op ontdekkingsreis. Dat zou pas spannend zijn!'

BAM! De deur slaat dicht. 'Geen manieren,' moppert de ambassadeur en hij staat zuchtend op. 'Ik ga naar mijn kantoor om de laatste verslagen door te nemen. Ik wil niet gestoord worden!'

Anja knikt. 'Daar zal ik voor zorgen,' belooft ze met een brede tandpastaglimlach. Ze kijkt naar het lege kopje op de vensterbank en belt om het dienstmeisje Fatema te roepen. Haar kopje mag worden gevuld en dat van de ambassadeur moet meteen worden opgeruimd.

'Als je even niet oplet, heb je meteen een chaos,' zucht ze.

5. Knipwerk

Zodra ze op haar kamer is, duikt Paulien onder haar bed. Ze glijdt naar het verste hoekje tegen de muur en maakt zich zo klein mogelijk. Ze fluistert tegen de tijger in haar buik dat hij muisstil moet zijn. Als papa straks boos binnenstormt en haar niet vindt, zal hij vast ongerust zijn. Net goed!

Maar er stormt niemand haar kamer binnen. Na tien lange minuten geeft Paulien het op. Ze komt weer onder haar bed vandaan. Wat zal ze doen? Knutselen, lezen, een computerspelletje spelen of televisie kijken?

'Iene miene mutte, tien pond grutten, tien pond kaas, iene miene mutte is de baas!' telt ze af. Het wordt de la met de slingers van papieren poppetjes. Paulien zoekt naar de eerste figuurtjes die ze ooit uitknipte en trekt voorzichtig de slinger open. Het lijkt nergens naar. Sommige poppetjes hebben een opgeblazen hoofd en spillebenen. Of korte, dikke armen en geen hoofd. Ze houdt van die slinger, al kan ze nu veel mooiere dingen maken. Ze is er zo handig in geworden dat ze, zodra de schaar in het papier knipt, al voelt of het wat wordt. Ze neemt een nieuw vel papier. Het zit goed vandaag. In een handomdraai heeft Paulien de nieuwe slinger klaar. Ze laat de vrolijke poppetjes voor de airco dansen en neemt een nieuw vel papier. Paulien knipt poppetjes in allerlei maten en kleuren... tot haar vingers er pijn van doen. Ze knielt voor de la en woelt met haar hand door de honderden poppetjes. Wat ritselen ze gezellig. Paulien gooit ze door de kamer. De rode poppetjes willen zwaardvechten met de gele. En de groene spelen krijgertje met de paarse en de blauwe tot het een kakelbont kluwen wordt. Paulien kijkt naar het slagveld in haar kamer en staat op.

Het is ongeveer etenstijd. De geur van linzensoep en mailai* dringt door de kieren naar binnen. 'Mm, lekker,' smakt Paulien, ze opent de deur en snuift de heerlijke geuren met welbehagen op. Ze is dol op curry en kokos. Paulien slentert door de gangen, alle kamers zien er verlaten uit, net alsof iedereen van de aardbol verdwenen is. Alleen uit de keuken komt gegiechel, Paulien wou dat ze kon meelachen, maar meestal sturen Asha en Fatema haar meteen weg. Dat moet van haar moeder. Toen Paulien klein was, zorgde Asha als een grote zus voor haar. Paulien mocht overal bij zijn. Maar nu is Paulien te groot om met de dienstmeisjes plezier te maken.

Ze loopt de woonkamer in en kijkt naar buiten. 'Wat zouden al die mensen in de andere huizen aan het doen zijn?' vraagt ze aan de tijger. 'Kun jij niet even bij hen binnenspringen en het me vertellen? Ik stuur je eerst naar Margot en dan naar Hamid in de bakkerij, of naar Hasan aan de rand van de stad.' Hasan woont met zijn ouders en vijf broers in een kleine flat. Vlak bij het flatgebouw ligt een grasveldje waar je cricket kunt oefenen. Er is beweging in de flat aan de overkant. Een van de jongens verschijnt aan het raam. Paulien steekt haar tong uit en trekt een gekke bek. Er gebeurt niets. Misschien heeft hij haar niet opgemerkt. Paulien besluit grotere bewegingen te maken en maait met haar armen door de lucht. Eerst rustig, dan steeds wilder. Maar de jongen aan de overkant negeert haar. Teleurgesteld laat Paulien haar armen zakken. Misschien vindt hij meisjes maar niks. Papa heeft verteld dat sommige Bengaalse mannen neerkijken op vrouwen. Daar begrijpt Paulien niets van. Vrouwen zijn toch even goed of even slecht als mannen! Papa zegt dat het te maken heeft met hun cultuur, maar hij heeft nooit tijd om het haar precies uit te leggen.

'Paulien, niet zo dicht bij het raam. Straks zitten er vlekken op het glas,' klinkt de stem van haar moeder achter haar. Anja schrijft in een notitieboekje. Er wordt dus binnenkort weer een feest georganiseerd, weet Paulien. Hopelijk hoeft ze er niet bij te zijn. Fatema rijdt het wagentje met borden, glazen en bestek naar binnen en vouwt het tafellaken open. Geruisloos dekt ze de tafel. 'Vond jij het leuk om enig kind te zijn?' vraagt Paulien aan haar moeder. Anja geeft geen antwoord. 'Misschien ben je vergeten dat je vroeger graag een broer of zus wou,' probeert Paulien.

'Nu niet, Paulien,' zucht Anja. 'Ik heb al genoeg aan mijn hoofd. Je haar hangt nog steeds los, doe er wat aan! Fatema, haal een wit lint voor Paulien.'

Fatema buigt en haalt meteen een lint. Anja bindt Pauliens haar bij elkaar. 'Al die chaos op je hoofd,' zucht ze.

Precies om één uur verschijnt de ambassadeur en schuiven ze zwijgend aan tafel.

'Het is oervervelend om alleen te zijn,' begint Paulien.

'Neen, dat is het zeer zeker niet!' zegt de ambassadeur beslist.

'Waarom zeg je meteen neen?' vraagt Paulien. 'Je weet niet eens wat ik wilde zeggen.'

De ambassadeur legt zijn soeplepel neer. 'Natuurlijk weet ik dat, Paulien,' zegt hij. 'Je praat over niets anders.

Neen, er komt geen zus voor jou. Punt!'
Paulien schudt haar hoofd. 'Ik een zus, papa? Ben je gek? Ik wil helemaal geen zus.'
Anja klakt geïrriteerd met haar tong. 'Paulien, zo spreek je niet tegen je vader!'
Paulien haalt ongeduldig haar schouders op. 'Ik wil helemaal geen zus,' herhaalt ze. 'Ik wil een broer. Met een broer kan ik rennen en cricketen. Papa, waarom schrijf je me niet in voor de meisjesploeg op school? Ik zou vreselijk graag meedoen.'
De ambassadeur neemt twee lepels van zijn soep voor hij antwoord geeft. 'Die zaak is afgehandeld,' zegt hij kalm. 'Noch je moeder, noch ik hebben er behoefte aan om jou als een wilde met een bat te zien zwaaien. Cricket is geen sport voor meisjes.'
Neen, niet alleen Bengaalse mannen kijken neer op meisjes, bedenkt Paulien, misschien is er ook iets mis met papa's cultuur. Ze haalt diep adem en doet nog een poging. 'Alsjeblieft, papa! Als ik in de meisjesploeg mag, zal ik altijd braaf zijn. Margot mag ook en het is helemaal geen ruwe sport. Vraag het maar aan de moeder van Margot. En je hoeft niet naar de wedstrijden te komen kijken, papa. Je moet alleen een papiertje ondertekenen. Ik zal het op je bureau leggen tussen de ande-

re papieren die je elke dag ondertekent, je merkt het niet eens' ratelt Paulien. 'En...'

BWHAMMMM! Een donderende slag doet de vloer daveren en de ruiten trillen. In de keuken gillen de dienstmeisjes.

'Onder de tafel, meteen!' brult de ambassadeur. Hij trekt zijn vrouw van haar stoel en duwt Paulien op handen en voeten voor zich uit. 'Het moest ervan komen.'

'W-wat was d-dat, Hans?' stottert Anja. 'Het l-leek zo dichtbij!'

De ambassadeur geeft geen antwoord. Zijn duim gaat razendsnel over de toetsen van zijn mobieltje. De tijger steigert in Pauliens buik. Eindelijk gebeurt er wat! Het is heerlijk om met z'n drietjes onder tafel te zitten. Paulien kijkt blij naar haar ouders. Anja heeft een ladder in haar kous en is een schoen kwijt. Het haar van de ambassadeur zit in de war en zijn overhemd hangt uit zijn broek. Ik wou dat dit elke dag gebeurde, denkt Paulien. 'Ik probeer Bill te bereiken,' zegt de ambassadeur tegen Anja. 'Dit moet een aanslag zijn.'

'Wat een chaos,' zegt Anja met trillende stem.

6. Kunst in de tuin

'Moet je naar een begrafenis?' vraagt Bangla Beppie aan haar vriendin. 'Die oude hoed en jas zien eruit alsof ze een heel regenseizoen buiten hebben gehangen.'
Emilia stapt met haar fiets aan de hand de tuin in. 'Hartelijk dank voor deze mooie welkomstwoorden,' snuift ze.
'Je bent aan een opknapbeurt toe,' gaat Bangla Beppie genadeloos voort. 'Ken je de steenbakkerijen rond Dhaka, waarvan alleen de schoorstenen boven het water uitsteken in het regenseizoen?'
'Ja, natuurlijk,' mompelt Emilia. 'Wat hebben die ermee te maken?'
'Als het water zakt, komen de gebouwen weer tevoorschijn. Elk jaar opnieuw wordt de modder opgeruimd en bakken ze er weer stenen in. Zo moet jij ook opgefrist worden. Gooi je oude spullen weg en trek iets fleurigs aan. Doe om te beginnen die oude hoed weg.'
Emilia stalt haar fiets onder de bananenbomen bij de muur en schudt heftig haar hoofd, haar dikke wangen

trillen ervan. 'Hou op met zeuren, Elisabeth,' zegt ze. 'Maar er zit wel iets in die vergelijking van je. Jij met je statige lengte lijkt op een schoorsteen en ik met mijn ronde vormen ben meer de steenbakkerij. De vraag is alleen wie er het beste aan toe is: de warme steenbakkerij of de schouw die in weer en wind staat?'

Bangla Beppie schatert het uit. 'Goed zo, Millie! De schoorsteen en de steenbakkerij kunnen niet zonder elkaar!'

'Wat heb jij in hemelsnaam aan je voeten, Elisabeth?' roept Emilia uit.

'Hè? Wat?' Bangla Beppie volgt Emilia's blik. 'Oh, mijn gympies? Gekocht van Abdur, om in conditie te blijven.'

'Bedoel je dat je met die rare dingen gaat trainen...'

'Dat bedoel ik,' antwoordt Bangla Beppie monter. 'Ik moet ze een beetje inlopen voor ik echt ga joggen.'

'Blijf jij voorlopig maar veilig binnen de muren van deze tuin,' zegt Emilia vermanend. 'Heb je gehoord dat er weer een aanslag gepleegd is? Vlak bij de Britse ambassade. Het verkeer zit in de knoop. Ik vreesde dat ik niet tot hier zou geraken.'

'De Britse ambassade,' zegt Bangla Beppie nadenkend. 'In Bangladesh hebben ze een speciale band met hun vroegere overheersers. Je weet nooit wat er kan gebeuren in dit land vol verrassingen.'

'Net zoals in jouw tuin,' antwoordt Emilia. 'Die ziet er weer geweldig uit. Je kunt verstoppertje spelen in het hoge gras, de bamboescheuten schieten overal op en de jasmijn en de hibiscus overwoekeren je tuinpad. En wat doet die bezem in de mangoboom? Probeer je een nieuwe vrucht te kweken? Wat voert jouw tuinman uit?' Met een ruk trekt ze de bezem los.

'Shing daagt wel weer op zodra het regenseizoen voorbij is,' antwoordt Bangla Beppie.

'Dat kan nog een hele poos duren,' zegt Emilia. 'Nou ja, 't is jouw tuin. Hoe zit het nu met die artistieke creatie van je?'

Bangla Beppie wijst met een spijtig gebaar naar de bezem. 'Jouw praktische geest heeft mijn kunst in de kiem gesmoord. Maar geen nood, ik heb al iets anders bedacht. We kunnen bezemevenwicht oefenen.'

Bangla Beppie strekt haar rechterhand met de palm naar boven, als een vlakke schaal. Daarop zet ze de afgeronde kant van de bezem. Ongeveer twee meter kan ze lopen voor de bezem op haar hand begint te wankelen.

'Moet je ook eens proberen, Emilia, het is niet zo eenvoudig als je denkt.'

'Ik denk helemaal niks,' antwoordt Emilia. 'En ik trans-

pireer al genoeg. Ik dacht dat we iets rustigs zouden doen.'

'Dit is het ook,' protesteert Bangla Beppie. 'Je kunt gewoon stil blijven staan. Kijk!' Maar de bezem begint te wiebelen en valt rakelings langs Emilia op het gras.

'Heel rustig,' beaamt Emilia, terwijl ze kordaat naar de bank onder de mangoboom loopt. 'Ik ben er nog steeds niet achter wat een woord als rustig voor jou betekent.' Ze slaat een paar kevers van de bank, haalt een boek uit haar tas en begint te lezen. Af en toe werpt Emilia hoofdschuddend een blik op Bangla Beppie, die nog steeds rare kunsten uithaalt met haar bezem.

Bangla Beppie bedenkt voortdurend nieuwe uitdagingen. Ze geeft de bezem een zetje zodat hij de lucht in vliegt en probeert de steel op haar vlakke handpalm weer op te vangen. Zodra dat lukt, maakt ze het iets moeilijker door tussendoor in haar handen te klappen. De eerste keer is Bangla Beppie te langzaam en glijdt de bezemsteel door haar handen op haar voet. 'Au! Gelukkig dat Abdur mijn maat niet had,' grijnst ze. 'Anders had ik nu een blauwe teen.'

Het lukt steeds beter en ze kan al een paar keer na elkaar in haar handen klappen en toch de bezem opvangen. 'Heb je dat gezien, Millie?' roept Bangla Beppie trots.

'Mmm... rustig,' soest Emilia. Ze begint te knikkebollen en even later zakt haar hoofd op haar borst. Ze snurkt een beetje. Het boek glijdt van haar schoot en valt op de grond.

'Mooi is dat,' moppert Bangla Beppie. Ze raapt het boek op en stopt het in Emilia's tas. 'Ik ben een kunstenaar zonder publiek.'

Teleurgesteld kijkt ze naar de schimmelflats, ze zien er verlaten uit. Of niet? Bangla Beppie tuurt naar de flat waar ze vanochtend beweging dacht te zien. Op de eerste verdieping zitten twee kinderen bij het raam. 'Als ze aan dit tempo verdubbelen,' grinnikt Bangla Beppie, 'staan ze er binnenkort met z'n tienen!'

Ze zwaait naar de kinderen die enthousiast terugwuiven. Bangla Beppie buigt eerbiedig voor haar publiek en toont in een wervelende show wat ze met de bezem kan. De kinderen klappen in hun handen en een van hen opent het raam en roept iets.

'Ik begrijp je niet!' roept Bangla Beppie met bijbehorende gebarentaal. 'Kom het hier vertellen!'

Het raam gaat dicht en de kinderen verdwijnen. Bangla Beppie duwt alvast op de knop van de metalen poort. Daar komen ze al aangerend. Een meisje met wilde krullen en een jongen met prachtige, donkere ogen. Hij zou de zoon van Abdur kunnen zijn.

'Je moet de bezem op je vinger zetten, dat is veel spannender!' zegt de jongen.

'Kijk, zo!' toont het meisje. Ze zet de bezem op het puntje van haar wijsvinger en loopt er achteraan.

'Sapperlootjes,' zucht Bangla Beppie. 'Dat is indrukwekkend! Hoe heten jullie?'

'Paulien en Hasan,' zegt het meisje.

'Heet jouw vader Abdur?' vraagt Bangla Beppie.

'Nee, hij heet Shafin,' antwoordt Hasan.

'Gebruik toch je verstand, Elisabeth!' moppert Bangla Beppie tegen zichzelf. 'Dat zou al te toevallig zijn. Abdur woont niet eens in deze wijk.'

'En hoe heet u?' vraagt Paulien.

'Noem me maar Beppie, of tante Beppie,' stelt ze voor. 'En je hoeft geen u te zeggen.'

'Heb je nog bezems, tante Beppie?' vraagt Paulien. 'Dan kunnen we samen oefenen!'

Er staan bezems en harken genoeg in het schuurtje. De kinderen gaan meteen aan de slag. Het wordt heel spannend. Bangla Beppie moet niet alleen haar eigen bezem in het oog houden, maar ook die van de anderen. Tenminste, als ze er geen op haar hoofd wil krijgen! Opeens begint het te waaien. Boven de bomen pakken donkere wolken samen. Even later valt het water met bakken uit de hemel. Bangla Beppie rent met de kinderen naar de keuken.

'Willen jullie een glas dub* met vruchtenkoek?' vraagt ze.

Paulien en Hasan knikken enthousiast.

'Hé, van bij Hamid!' zegt Paulien als ze het inpakpapier van de bakkerij ziet.

'Nee, van Aminul,' verbetert Bangla Beppie.

'Dat bedoel ik,' zegt Paulien. 'Hamid is de zoon van Aminul en hij neemt me soms mee naar de bakkerij.'

'Wat leuk,' zegt Bangla Beppie. 'Er valt vast veel te beleven in...'

Opeens slaat ze haar hand voor haar mond. 'Sapperlootjes, Emilia!' roept ze geschrokken. 'Die zit nog te dutten op de bank onder de mangoboom!'

Op hetzelfde moment stommelt een verontwaardigde en verregende Emilia de keuken binnen. Nu lijkt het echt alsof ze in overstroomd gebied gestaan heeft!

7. Het hoedje

Emilia schuifelt de trap af. Ze voelt zich onwennig in Beppies kleurige tuniek, de broek zit te krap en de zoom van de lange pijpen heeft ze zo goed mogelijk omgeslagen. Bij de minste beweging lijken de palmen te wuiven. 'Ik word nog zeeziek,' mompelt ze, terwijl ze zich aan de trapleuning vastklampt. 'Een zeeziek wandelend oerwoud, hoe houdt Elisabeth dat vol?' Ze ziet voor het eerst hoe bizar de kleren van Bangla Beppie zijn; het valt haar vreemd genoeg niet op als haar vriendin ze draagt. 'Het spijt me vreselijk dat ik je vergeten was,' zegt Bangla Beppie. Haar ogen twinkelen ondeugend. 'Het kwam door het onverwachte bezoek van die kinderen. Maar ik maak het goed, Millie. We gaan samen gezellig winkelen.'

'Naar de stad? Zo?' sputtert Emilia. 'Mens, ik durf in deze kleren niet eens naar mezelf te kijken!'

'Mijn pyjama staat je nochtans fantastisch,' plaagt Bangla Beppie.

'Jouw pyjama?' gilt Emilia.

'Grapje!' sust Bangla Beppie.

Emilia is er niet zeker van dat het een grapje is. Ze laat haar handen over de stof gaan. Die voelt rijk en prettig aan. Nee, pyjamastof is dit niet.

'Ik ga liever een andere keer naar de stad,' probeert Emilia. Ze kent haar vriendin echter lang genoeg om te weten dat alleen een wonder haar van een voornemen af kan brengen.

'We nemen de bus van vier uur,' zegt Bangla Beppie. Ze steekt afwerend haar hand in de lucht als Emilia haar mond opendoet om te protesteren. 'Millie, ik weet ook wel dat de bussen in Bangladesh niet op vaste tijden rijden. Ik heb vorige week zeker een halve dag bij de halte gezeten, de bus is niet gekomen. Maar het was gezellig met al die mensen daar en daarna ben ik gewoon weer naar huis gegaan.' Bangla Beppie glimlacht als ze eraan terugdenkt. 'En weet je wat, Millie? Achteraf hoorde ik dat de chauffeur de route veranderd had omdat hij zijn moeder wilde oppikken. Mooi toch?'

'Maar de bomaanslag?' probeert Emilia. 'Het verkeer ligt in de knoop en het kan gevaarlijk zijn in de stad...'

Bangla Beppie giechelt. 'Gevaarlijk, Millie? De aanslag is al gebeurd. Het is nu veiliger dan ooit. En trouwens, waar ik ga winkelen, zijn geen ambassades.'

Emilia haalt opgelucht adem. Ze zal aan die kant van Dhaka geen bekenden tegenkomen, niemand zal haar in deze rare kleren zien.

'Kom Millie, genoeg nagedacht,' zegt Bangla Beppie, terwijl ze de keukendeur uitnodigend openhoudt. 'Straks missen we de bus nog!'

'Ach, wat kan het me ook schelen,' besluit Emilia schouderophalend. 'Ik ga mee!'

Bangla Beppie is al buiten. 'Opschieten, Millie!' roept ze. Met kleine pasjes trippelt Emilia achter haar aan.

Ze staan nog maar net aan de halte, of een grote stofwolk kondigt de komst van de bus aan. 'Zie je wel? Nooit op schema. Veel te vroeg deze keer,' zegt Bangla Beppie. Ze zwaait met haar handtas om de aandacht van de chauffeur te trekken. Breed glimlachend mindert hij vaart. Bangla Beppie springt op de treeplank. Behulpzame handen trekken haar naar binnen. Ze kijkt om, Emilia heeft de sprong niet gewaagd.

'Mijn arme vriendin denkt dat bussen stoppen bij een halte,' legt Bangla Beppie uit aan de chauffeur.

'Oooh! Vriendin vergeten,' zegt de chauffeur begripvol. Hij zet zijn voet op de rem. De bus komt met gierende banden tot stilstand. Luid toeterend rijdt hij achteruit tot bij Emilia. De chauffeurs van de auto's die achter de bus rijden, kunnen de bus nog net ontwijken.

Bangla Beppie steekt haar hoofd om de verroeste deur van de bus. 'Spring erop als hij weer vooruit rijdt!' gilt ze naar Emilia.

'Ik durf niet!'

'Doe niet zo flauw, steek je handen uit en spring op de treeplank!' zegt Bangla Beppie kordaat. Gelukkig springt Emilia en Bangla Beppie hijst haar de bus in. 'Waarom wil jij altijd een privébehandeling?' moppert ze. 'Je moet je aanpassen aan de gewoonten van het land waar je woont!'

Emilia is te zeer buiten adem om een antwoord te geven. Beledigd kijkt ze de andere kant uit. De bus hobbelt over het ongelijke wegdek en wijkt uit voor riksja's of diepe kuilen. Bangla Beppie en Emilia botsen voortdurend tegen elkaar op. Bangla Beppies aanstekelijke lach schalt door de bus en weldra schatert iedereen het uit. Door de glasloze ramen golft de vrolijkheid naar buiten. Glimlachend kijken mensen de bus na.

'Je kan maar beter in de reclamebusiness gaan werken,' lacht Emilia. 'Niemand kan een mooiere reclamespot voor het openbaar vervoer bedenken dan jij! Gek mens!'

Wanneer Bangla Beppie en Emilia even later hun halte bereiken en uit de bus springen, worden ze uitgewuifd door de passagiers. 'Kijk, dat bedoel ik nou,' zegt Emilia. 'Dat maak ik alleen mee als ik met jou op pad ben.'

Het is druk in de winkelwijk, Emilia heeft moeite om Bangla Beppie te volgen. Walmen van look, kruiden en lokale parfums doen haar kokhalzen. 'We gaan meteen naar de galerij boven,' zegt Bangla Beppie. 'Daar heb je meer lucht, Millie.'
Winkeltjes met houtsnijwerk, koper, plastic en metaal zijn volgestouwd met koopwaar.
'Hier zijn leuke koopjes te doen,' zegt Bangla Beppie terwijl ze een zaak met koperwerk binnengaat.
Ze zijn nog maar net binnen of de ventilator en de lichten vallen uit. Onverwachte stroomonderbrekingen komen in dit land elke dag een paar keer voor, dus zelfs Emilia laat zich hierdoor niet van de wijs brengen.
'Kijk,' wijst Bangla Beppie en ineens floept het licht weer aan. 'Is dat geen mooie Ganesh?'
'Wie, wat, waar?'
'Ganesh, de hindoegod met het olifantenhoofd,' zegt Bangla Beppie. 'Die ken je toch wel? Hij zorgt ervoor dat al je problemen worden opgelost.'
'Was dat maar waar,' zucht Emilia.
'Ganesh vind ik de ontroerendste van alle hindoegoden,'

glimlacht Bangla Beppie. 'Hij heeft zoveel menselijke trekjes. Hij wordt altijd heel ontspannen uitgebeeld, in een ligstoel of wandelend met een parasol, zoals hier.' Emilia kijkt haar vragend aan. 'Een hindoegod? Bangladesh is toch een moslimland?'

Bangla Beppie schudt haar hoofd. 'Wat weet jij weinig van het land waarin je al zoveel jaren woont. De meeste mensen zijn moslim, maar er zijn ook hindoes. Heb je nog nooit de voorbereidingen voor de Durga Puja* gezien? In alle hindoewijken van Dhaka worden dan feestelijke constructies opgetrokken: hoge bamboetorens, bekleed met witte of gekleurde doeken. Daar kun je toch niet naast kijken!'

'Ja, die heb ik natuurlijk al gezien,' verdedigt Emilia zich. 'Maar ik wist niet dat ze van de hindoes waren; al die vreemde godsdiensten zijn voor mij één pot nat. Waarom heeft die Ganesh een olifantenhoofd?'

'Er bestaan verschillende legendes over Ganesh,' zegt Bangla Beppie. 'De vader van Ganesh heette Shiva en die ging een aantal jaren op reis. Toen Shiva terugkwam, herkende hij zijn opgegroeide zoon Ganesh niet. Shiva dacht dat zijn vrouw Parvati met een minnaar op stap was en hakte woedend het hoofd van Ganesh af. Parvati was ontroostbaar en Shiva beloofde het hoofd te vervangen door het hoofd van het eerste wezen dat hij tegenkwam. En dat was toevallig een olifant.'

'Wat een gruwelverhaal,' huivert Emilia.

'Een echt godenverhaal,' zegt Bangla Beppie. 'Je houdt toch zo van lezen?'

'Zulke dingen lees ik niet,' antwoordt Emilia stijfjes.

'Het is anders best wel romantisch. Alles heeft met liefde en wraak te maken bij de goden,' zegt Bangla Beppie. 'Zal ik je eens een paar boeken lenen?'

'Ik zoek ze wel in de bieb als ik eraan toe ben,' wimpelt Emilia het voorstel af.

'Vind je hem niet schattig?' vraagt Bangla Beppie met een verliefde blik op de koperen Ganesh. Ze wil hem optillen, maar laat hem geschrokken los. 'Loodzwaar!' roept ze verbaasd.

Emilia bekijkt het beeld aandachtig. 'Je moet een andere uitzoeken. Deze is een beetje scheef,' merkt ze op.

'Dat is typisch voor handwerk,' verdedigt Bangla Beppie haar favoriet. 'Daarin voel je de ziel van de kunstenaar.'

'Hm,' snuift Emilia. 'Aanbid hem zolang als je wilt, ik ben erop uitgekeken. Ik zou hem niet in huis willen. Mij kun je bij de braadpannen vinden.'

'Wat?' roept Bangla Beppie. 'Hier is zoveel moois en jij wilt naar een paar doodgewone pannen kijken?' Emilia staat al bij het rek met de pannen. Twee verkopers lopen op haar af. 'Kunnen we u helpen?' vraagt de kleinste van de twee. Hij draagt een groezelig hemd en wist het zweet van zijn voorhoofd. Emilia laat haar blik vluchtig over hem heengaan en kijkt dan naar zijn collega, die zijn haren keurig achterover gekamd heeft. Hij ziet er onberispelijk uit in zijn maatpak, met een kraakwit overhemd en een das. Emilia negeert de eerste verkoper en wenkt de nette man. Hij moet haar de pannen laten zien. De verkoper haalt een voor een de pannen van de schappen. Na veel wikken en wegen ziet Emilia van de koop af. De keurige man lijkt niet erg tevreden. Hij mompelt een paar woorden tegen de andere verkoper en loopt nors de winkel uit. 'De klant is koning hoor!' roept Emilia hem verontwaardigd na.

Bangla Beppie komt eraan, met de scheve Ganesh. Ze dingt flink op de prijs af.

'Dat je dat durft!' fluistert Emilia, terwijl de verkoper de Ganesh met parasol in krantenpapier wikkelt.

'Dat heeft niets met durf te maken,' antwoordt Bangla Beppie. 'Je zou intussen moeten weten dat afdingen hier doodgewoon is. De verkopers lachen je uit als je de prijs betaalt die ze vragen. Hé... kijk daar eens!'

In een mand naast de kassa liggen hoedjes in vrolijke

kleuren. 'Wilt u ze passen?' vraagt de verkoper zodra hij hun belangstelling merkt.

'Heb je me met opzet hiernaartoe genomen?' sist Emilia achterdochtig.

Bangla Beppie zet verontwaardigd haar handen in haar zij. 'Sapperlootjes, Millie! Wat denk je wel!' protesteert ze. Maar ze graait meteen in de mand en zet een licht-blauw hoedje met fijne sterretjes op Emilia's hoofd. 'Dit staat je best aardig, Millie!' De verkoper vist een spiegel op, zodat Emilia zichzelf kan zien.

'Mm,' mompelt ze. 'Blauw staat me niet.' Ze tast met voorzichtige vingers tussen de hoedjes en past achtereenvolgens een grijs, een groen en een bruin hoedje. 'Toch weer geen...' zegt Bangla Beppie, die al het ergste vreest. 'Dat daar lijkt me best aardig,' zegt Emilia plotseling, terwijl ze naar een rood hoedje wijst dat iets verder van de mand af ligt. Het heeft een elegante rand en er zit een papaver vastgespeld op de zijkant. De verkoper reikt het haar aan en Emilia keurt zich langs alle kanten in de spiegel.

'Heel aardig,' zegt Bangla Beppie enthousiast. 'Daar zit vuur in.'

Emilia bekijkt haar argwanend. 'Hou maar op, of ik bedenk me nog,' dreigt ze. 'Hoeveel kost dit hoedje?' vraagt ze aan de verkoper.

Bangla Beppie trekt aan haar mouw. 'Je krijgt het van mij cadeau. Je hebt nog iets van me te goed!'

'Nee, dat wil ik niet. Ik kan het heus wel zelf betalen. En het volle pond, zoals het hoort. Ga jij alvast naar buiten, dit kan ik wel alleen afhandelen,' zegt Emilia beslist.

Terwijl Bangla Beppie de winkel uitloopt, hoort ze tot haar grote verbazing dat Emilia begint af te dingen. Even later komt ze glimlachend naar buiten.

'Ik dacht dat jij niet durfde af te dingen?' plaagt Bangla Beppie. Ze geeft Emilia een por.

'Jouw schuld,' zegt Emilia zonder verpinken. 'Het komt door die rare kleren van jou. Als ik mijn eigen jurk aan had, zou ik zoiets nooit wagen!'

8. *Druk*

De ambassadeur slaat een bladzijde van zijn krant om en verdiept zich in het economische nieuws. De Europese handel begint het goed te doen in dit gebied. Vanmiddag vergadert hij met bedrijven uit het moederland die zich in Azië willen vestigen. Overmorgen is er een receptie op de ambassade om de Europese handel te promoten. Als die aanslagen ophielden, kon men hier gouden zaken doen. Meteen na de aanslag vlak bij de Britse ambassade heeft de ambassadeur de alarmsystemen nog eens laten nakijken. Ook de handel en wandel van het personeel wordt gecheckt.

'Schat, zullen we het witte of het bruine servies gebruiken voor de receptie overmorgen?' Anja steekt twee bordjes in de lucht. De ambassadeur laat zijn krant zakken.

'Ik vertrouw op jouw oordeel,' zegt hij.

'Er is voor allebei wat te zeggen,' aarzelt Anja. 'Wit is verfijnd, maar op bruin komen de kleuren van de hapjes beter uit... Ik zal er nog even over nadenken.'

'Doe dat,' zegt de ambassadeur. Net als hij weer in zijn krant wil duiken, rinkelt de telefoon.

'Hans, we vermoeden dat er iets op til is,' zegt Bill van de Amerikaanse ambassade.

'Alweer? Zo snel al?' vraagt de ambassadeur.

'Inderdaad, er is een spoedvergadering bij mij om elf uur.'

'Ik zal er zijn,' zegt de ambassadeur. 'Tot straks.'

Het is alsof zijn bloed opeens sneller door zijn lichaam stroomt. Zou de situatie Oranje of Rood zijn? Rood waarschijnlijk, en dat betekent dat geen mens de ambassade nog in of uit mag, ook het personeel niet. Daar komt ellende van. Hij zal op de spoedvergadering wel horen hoe hij dit probleem moet aanpakken. De ambassadeur wrijft nadenkend over zijn kin. Zal de receptie kunnen doorgaan? Het is niet erg netjes om de genodigden op het laatste moment af te bellen.

Alweer gaat de telefoon. Deze keer is het zijn secretaris.

'Meneer, Li Wong wil zijn afspraak van morgen een week uitstellen. Kan dat?'

De ambassadeur grijpt zijn agenda en doorbladert wat er de komende week op het programma staat. 'Geen probleem.'

Gezien de omstandigheden is dit eigenlijk nog beter.

Wie weet wat er de volgende dagen gebeurt. De vergaderingen van vanmiddag moeten waarschijnlijk ook naar een ander tijdstip verplaatst worden. Maar daar wacht hij nog mee tot na de spoedvergadering. De ambassadeur plooit zijn krant dicht en legt ze opzij.

Paulien danst de kamer in. 'Ik heb een raadseltje voor jou, papa!'

'Geen tijd, Paulien.'

'Het is maar een heel kort raadsel, een piepklein...'

Geërgerd staat de ambassadeur op en zegt op afgemeten toon: 'Geen. Tijd. Paulien. Vertel het aan je moeder.'

Paulien gaat bij het raam staan. 'Zo gaat het altijd,' moppert ze tegen de tijger in haar buik. 'Mama organiseert feestjes en papa werkt. Ik vraag me af waarom ik er ben. Woonden we maar in een kleine flat. Dan had ik gewone ouders, zoals Hasan. Dan konden we gezellig op de grond thee drinken, elkaar verhalen vertellen en raadsels opgeven.'

Aan de overkant zit er weer een jongen voor het raam. Ze zwaait voorzichtig. De jongen wuift terug! Paulien is zo blij dat ze met haar hele arm door de lucht maait. De jongen doet hetzelfde. Nu gebruikt Paulien beide armen. De jongen volgt als een echo. Even iets moeilijkers proberen. Paulien plooit en strekt haar rechterarm twee keer na elkaar en kijkt. Na enige aarzeling komt er reactie van de overkant. Nu geeft Paulien te kennen dat het zijn beurt is om een voorbeeld te bedenken. Gespannen wacht ze af. De jongen begrijpt de boodschap en maakt een ingewikkeld gebaar. Paulien probeert het na te doen, maar de jongen moet zo hard lachen dat Paulien snapt dat ze er niets van terechtgebracht heeft. Ze haalt een stift en papier, schrijft haar naam in reuzenletters en houdt het blad tegen het raam.

'Paulien, ga weg van dat raam!' Natuurlijk komt haar moeder net binnen als ze het leuk heeft.

'Vlug, jongen,' mompelt Paulien. 'Schiet op, pak iets om te schrijven!'

'Paulien, doe wat ik zeg!' zegt Anja streng. Ze krijgt rode vlekken in haar hals, zoals steeds wanneer Paulien niet meteen gehoorzaamt.

'Hallo, mama!' zegt Paulien vrolijk om tijd te winnen. Eindelijk draait de jongen het papier tegen het raam. 'Murtaza' kan Paulien nog net lezen voor haar moeder haar wegtrekt. 'Paulien, je zoekt toch geen contact met die vreemde lui aan de overkant?' zegt Anja verontwaardigd. 'Je moet opletten met wie je omgaat, dat heb ik je al zo vaak gezegd.'

'Wat is er mis met die mensen?' vraagt Paulien.

'Heb je al eens goed gekeken hoe ze wonen? En wie er allemaal woont?' zegt Anja. Paulien kijkt naar het rood aangelopen gezicht van haar moeder.

'Niet alle mensen kunnen in een ambassade wonen,' merkt ze op.

'Nee,' antwoordt Anja. 'En precies daarom mag jij ons dankbaar zijn. Zou je liever aan de overkant wonen in een groot gezin? Je denkt natuurlijk van wel, maar meisjes hebben niets te zeggen in zo'n gezin. Je zou snel leren je grote mond te houden.'

Paulien wil antwoorden dat ze hier ook niet erg veel te vertellen heeft, maar ze houdt wijselijk haar mond. Voor een keer heeft haar moeder misschien een klein beetje gelijk. Dat weet ze uit de verhalen van Fatema en Asha. Die mochten maar een paar jaar naar school. Ze mogen de straat niet op wanneer ze willen en moeten hun broers, vaders of ooms altijd gehoorzamen.

'Ik heb een werkje voor jou,' zegt Anja opgewekt. Paulien houdt niet van de stralende glimlach die haar moeder om het even wanneer tevoorschijn kan toveren. 'Jij mag helpen met het inpakken van de prijzen voor het rad van fortuin op de kinderreceptie overmorgen.'

Paulien laat haar schouders zakken. 'Mag ik niet op mijn kamer blijven?' vraagt ze hoopvol. Anja's glimlach verstart. Nerveus strijkt ze over haar keurig gekapte haar. 'Word eindelijk eens volwassen, Paulien! Het is een officiële zakenreceptie. Iedereen uit de ambassadewereld is aanwezig. We rekenen erop dat jij je gedraagt zoals een ambassadeurskind zich hoort te gedragen.'

'Oh,' zegt Paulien honend. 'En jij denkt dat die andere ambassadeurskinderen zich gedragen zoals het hoort! Je zou zelf eens een paar uur met die afschuwelijke Max en Pam opgescheept moeten zitten!'

'Een beetje meer respect graag!' zegt Anja bits. 'Vergeet niet dat jij de gastvrouw voor de kinderen bent. Je zult glimlachen en belangstelling tonen. Het is een moeilijke maar zeer belangrijke taak.'

'Wat jij belangrijk noemt!' Paulien gaat tegenover haar moeder staan en zegt met een stijve tandpastaglimlach: 'Welkom Max, welkom Pam. Ik ben blij jullie te zien. Ik hoop dat het een fijne avond wordt.'

'Precies,' knikt Anja tevreden. 'Er is dan toch iets van die dure lessen over omgangsvormen blijven hangen. Kom, we moeten pakjes maken.'

Achter de rug van Anja steekt Paulien haar vinger in haar keel. Als er een wedstrijd voor onuitstaanbare kinderen bestond, dan zouden Max en Pam van de Amerikaanse ambassade winnen!

9. Discussie aan tafel

'Heb ik het goed begrepen, Hans, zijn de vergaderingen van vanmiddag afgelast?' vraagt Anja, terwijl ze haar kopje omhoog houdt zodat Fatema thee kan inschenken.

De ambassadeur knikt. Hij kijkt geïrriteerd naar Paulien, die op haar stoel zit te wiebelen. 'Zit stil,' zegt hij bits.

'Mag ik straks naar Margot?' vraagt Paulien.

'Alweer?' zegt Anja. 'Je was daar gisteren ook al!'

'Er ligt een nieuwe boot in de haven. We zouden samen gaan kijken.'

'Geen sprake van,' zegt de ambassadeur beslist. 'Jij blijft hier, Paulien. Vraag maar aan Asha of ze je een verhaaltje vertelt.'

'Ik ben geen baby meer,' moppert Paulien. Ze heeft spijt dat ze iets over de boot gezegd heeft.

Anja roert in haar theekopje. 'Ik heb Asha opgedragen om Fatema in de keuken te helpen. De dienstmeisjes moeten nieuwe recepten uitproberen voor de receptie.'

De ambassadeur tuit een paar keer zijn lippen.

'Het spijt me, Hans,' begint Anja, 'maar...'

De ambassadeur geeft met een korzelig handgebaar te kennen dat hij geen uitleg hoeft. 'Hoe dan ook, Paulien,' zegt hij, 'dan hou jij je maar op een andere manier bezig. Er staan genoeg boeken in onze bibliotheek.'

Paulien haalt haar schouders op. 'Er zit geen enkel boek bij dat ik leuk vind.'

'Dan lees je maar een keer een boek dat je niet leuk vindt. Een goede gastvrouw kan over bijna alles meepraten,' zegt de ambassadeur.

Anja geeft een korte tik met het lepeltje tegen het theekopje. 'De juf van Frans komt straks.'

Paulien laat zich onderuit zakken. 'Bah, ik heb geen zin in Franse les. Frans is stom.'

De ambassadeur legt zijn bestek neer. Hij spreidt zijn vingers en drukt beide handen in het tafellinnen. Hij haalt diep adem. 'Luister eens heel goed, kind,' zegt hij op ijzige toon. 'Het is geen kwestie van zin of geen zin, het gebeurt gewoon.'

'Maar we praten in Bangladesh alleen maar Engels. Wat moet ik met Frans?' zeurt Paulien.

'Als ik ooit in een ander land wordt aangesteld, heb je misschien wel Frans nodig,' zegt de ambassadeur. 'En als we terugkeren naar Europa, zul je je Frans ook goed kunnen gebruiken.'

'Pff, wat zouden we in Europa gaan doen? We kennen er niemand.'

'Ik heb er nog familie,' zegt Anja afgemeten.

'Maar papa niet en papa beslist want papa verdient het geld,' zegt Paulien.

De ambassadeur tuit wel vijf keer na elkaar zijn lippen. Hij geeft Fatema een teken dat ze de kamer moet verlaten. Zodra het dienstmeisje de deur achter zich dichtgetrokken heeft, barst hij los. 'Potverdorie, Paulien! Het is een gouden regel dat je nooit je ouders bekritiseert als er personeel in de buurt is. Heb je dan geen greintje verstand?'

Wat hebben al die regels met verstand te maken, denkt Paulien en kijkt haar vader boos aan.

'Weet je, Anja?' zegt hij tegen zijn vrouw. 'Ik denk dat Paulien voortaan beter alleen eet tot ze weet hoe ze een fatsoenlijk tafelgesprek moet voeren.'

De tijger in Pauliens buik springt grommend overeind. 'Alleen eten? Goed idee! Het maakt geen verschil. Ik ben toch alleen!' roept ze.

De ambassadeur wijst naar de deur. 'Naar je kamer!' sist hij. Paulien schudt haar bruine krullen en verlaat met opgeheven hoofd de woonkamer. Zodra ze op de gang staat, gaat de tijger liggen. Ze rent naar haar kamer en laat zich op haar bed vallen.

In de woonkamer is het even heel erg stil. 'Zo kan het niet langer!' schiet de ambassadeur uit. 'Dat kind moet discipline leren. Als het al niet te laat is!' Anja roert in haar theekopje, tikt met haar lepeltje tegen de rand van het kopje en legt het op het schoteltje. 'Laten we het over iets anders hebben,' zegt ze opgewekt. 'Dat chaotische kind maakt me nerveus. Hoe was het bij Bill?'

De ambassadeur legt zijn wijsvinger tegen zijn lippen, kijkt achterom en sluipt op zijn tenen naar de deur. Hij doet ze even open en dicht. Dan schuift hij zijn stoel dichter tegen die van zijn vrouw en gaat zitten.

'Is het zo ernstig?' fluistert Anja.

De ambassadeur knikt en vouwt zijn handen als een tentje om zijn neus en mond, voor het geval er afluister-apparatuur is geïnstalleerd op de ambassade. Je weet maar nooit. Hij zet het tentje tegen Anja's oor. 'Bills spionnen hebben opgevangen dat we op de Europese ambassades ongewenst bezoek mogen verwachten. Die aanslag in de buurt van de Britse ambassade was slechts het begin. Aziatische opstandelingen willen met ter-reuracties de economie ontwrichten. Alarmfase Oranje wordt van kracht. Wees dus heel voorzichtig: ga niet met de eerste de beste om en let op wat je zegt.'

'En de receptie overmorgen? Wordt...'

'Ssst,' zegt de ambassadeur snel. Hij zet beide handen tegen zijn oor, Anja begrijpt dat ze in zijn oor moet fluisteren. 'De receptie wordt toch niet afgelast, hoop ik? Alle inkopen zijn al gedaan.'

'Nee, alles gaat gewoon door, zodat het lijkt alsof we niets in de gaten hebben. Maar de veiligheidsdienst is in staat van opperste paraatheid,' zegt de ambassadeur gewichtig.

'Hans, we lopen toch geen gevaar?' rilt Anja.

De ambassadeur haalt zijn schouders op. Hij belt Fatema, want de theekopjes zijn intussen leeg.

10. De aanrijding

Bangla Beppie is net klaar met de vaat. Ze ploft tevreden in de luie stoel, schopt haar slippers uit en legt haar voeten op het bankje. 'Zo,' bromt Bangla Beppie. 'En nu sta ik het eerste kwartier niet meer op!' De gele gymschoenen in de hoek staren haar vrolijk aan, de punten zitten vol krantenpapier. Inmiddels woont ze al ruim tien jaar in dit huis in Dhaka. Vroeger, toen haar man nog leefde, hadden ze een woning in Mymensingh, een stad meer naar het noorden. Dat was Bangla Beppies eerste kennismaking met Bangladesh, ze houdt nog steeds van die plek. Nochtans voelde ze er zich als jonge bruid allesbehalve op haar gemak. De Bengaalse mannen drumden steeds om haar heen. Ook al begrepen ze geen sikkepit van wat ze zei, ze wilden alles horen en zien. Dat was erg onplezierig. Maar de vrouwen waren vriendelijk en hartelijk. Vanaf de eerste dag namen ze Bangla Beppie overal mee: naar de primitieve keuken van het restaurant, naar de ovens van de bakkerij... en naar de gehandicapte dochter van de fietsenmaker. Bangla Beppie glimlacht als ze terugdenkt aan de onvoorstelbare chaos in die fietsenzaak. Het was ongelofelijk hoe snel de dochter elk schroefje vond waar de klant om vroeg. Ze had als kind polio gehad. Jammer dat ze voor de rest van haar leven gehandicapt is, gewoon omdat ze geen inenting heeft gekregen. En hoeveel kost zo'n injectie? Enkele euro's? 'Misschien ga ik nog eens naar Mymensingh,' denkt Bangla Beppie.

Nergens zag ze ooit zoveel fietsende riksja's als daar. 's Avonds bengelde aan elke riksja een olielampje. Al die zwaaiende lichtjes in de nacht gaven Bangla Beppie het gevoel dat ze in een sprookjesboek was beland. Haar zoontje was er dol op... Ach, dat waren gelukkige tijden...

'Niet treurig worden, Beppie!' spreekt ze zichzelf toe. 'Dat is nergens goed voor.'

Het beeldscherm in de keuken zoemt. Tuinman Shing verschijnt. Meteen daarna klinkt twee keer kort de bel. Blij drukt Bangla Beppie op de knop van de afstandsbediening van de poort. Daarna loopt ze naar buiten.

'Hallo, Shing!' groet ze vrolijk. 'Ik had je al eerder verwacht. Zodra het water zich uit de overstroomde gebieden terugtrekt, weet ik dat je langskomt.'

Shing buigt beleefd zijn hoofd. 'Alles goed met mevrouw?' vraagt hij.

'Ja hoor, ik ben niet te verslijten,' zegt Bangla Beppie.

'Ben jij de regenperiode goed doorgekomen? Gaat alles goed met vrouw en kind?'

Shing recht zijn schouders. 'Alles in orde. Ik zorg altijd voor mijn familie.'

Bangla Beppie knikt, ze denkt aan de honderden daklozen die door de stad zwerven en tijdens de moessonregens neemt hun aantal toe, want dan stijgt het water in de rivieren en volgen er overstromingen, waardoor mensen op de vlucht moeten. Elk jaar opnieuw gebeurt hetzelfde. Bangla Beppie zucht.

'Veel werk, mevrouw?' vraagt Shing.

'Ik zal alles in orde brengen. Waarmee moet ik beginnen?'

Bangla Beppie kijkt rond. 'Misschien kun je eerst het pad naar de poort vrijmaken en de struiken snoeien,' stelt ze voor. 'De bamboe moet weg, voor hij alles overwoekert. Daar zul je je handen vol aan hebben. Ik loop even met je mee naar het schuurtje om het materiaal te inspecteren. Met al dat vocht weet je maar nooit.'

Een hagedis die lekker ligt te zonnen op de warme muur van het schuurtje, zoekt haastig een ander plekje. Wanneer Bangla Beppie de deur opent, walmt een geur van

vocht en schimmel naar buiten. Vooraan staan de bezems, die Paulien en Hasan keurig op een rij gezet hebben. Bangla Beppie controleert de spade en de snoei-
scharen, die er nog bruikbaar uitzien. In haar broekzak
rinkelt haar mobieltje. Shing geeft haar met een gebaar
te kennen dat hij nu wel aan de slag kan en Bangla
Beppie zet koers naar de bank onder de mangoboom.
'Hallo?' zegt ze.
'Dag Elisabeth!' klinkt Emilia vrolijk tegen haar oor. 'Ik
heb verse groene thee gekocht en ik ga zo dadelijk water
opzetten. Zin in een kopje thee?'
'Natuurlijk!' lacht Bangla Beppie. 'Even Shing waarschuwen en dan kom ik eraan.'
'Is hij eindelijk komen opdagen? Luister, Elisabeth, je
mag hem niet alleen in je huis laten, hoor!' zegt Emilia
bezorgd. 'Zodra jij weg bent, trommelt hij zijn kamera-
den op en dan halen ze je hele huis leeg.'
'Doe niet belachelijk, Millie,' antwoordt Bangla Beppie.
'Tot zo!'
Voor Emilia kan tegenstribbelen, heeft Bangla Beppie de
verbinding al verbroken.
'Ik moet even met de fiets weg,' zegt ze tegen Shing. 'Als
jij weggaat voor ik terug ben, doe je dan de poort goed
dicht? Hij hapert soms een beetje.' Shing knikt en zet de

fiets voor haar klaar. Met krachtig belgerinkel neemt Bangla Beppie afscheid.

De modderige wegen hebben het regenwater van gisteren en vannacht nog niet verwerkt. Het blijft in grote plassen staan en het is knap lastig om ertussendoor te fietsen. Soms kan Bangla Beppie niet anders dan er dwars doorheen rijden. Ze zorgt ervoor dat ze voldoende snelheid heeft om niet halverwege de plas stil te vallen en tilt haar voeten hoog op om spatten te vermijden. Of het lukt, zal ze straks bij Emilia zien. Leuk is het in elk geval wel.

Minder leuk is de weeë geur van verrotting in de stad. Overrijp fruit, groenteresten en huisvuil liggen langs de kant van de weg. Hoe verder de dag vordert, hoe doordringender de stank. In het centrum komt daar nog de geur van olie en benzine bij. En het zweet van de riksjarijders! De riksjabellen rinkelen rondom. Ook Bangla Beppie doet mee. Tingeling, uit de weg, tingeling! Ze duwt de trappers stevig rond en beweegt soepel mee in de stroom riksja's, auto's, bussen en vrachtwagens. 'Hèhè,' grinnikt Bangla Beppie. 'Ik ben nog lang niet afgeschreven.'

Ze houdt een stevig tempo aan tot bij het huis van Emilia. De deur vliegt meteen open.

'Oh, Elisabeth, waarom verbrak je de verbinding zo snel?' klaagt Emilia. 'Ik wilde je nog vragen om wat vruchtenkoek mee te brengen, want ik heb helemaal niets meer in huis en...'

'Twaalf minuten,' zegt Bangla Beppie, 'dat is lang niet slecht.'

Emilia blijft doorratelen terwijl Bangla Beppie haar fiets in de gang stalt en de zoom van haar wijde broek inspecteert. Het valt mee, het had erger gekund.

'Mag ik?' vraagt Bangla Beppie. Ze neemt een doekje uit de gootsteen en verwijdert vakkundig de modder.

'Ik hoef geen vruchtenkoek,' zegt ze. 'Een vers kopje thee is prima.'

Emilia's bolle wangen gaan verontwaardigd op en neer. 'Bij thee hoort gebak!' zegt ze.

'Dan gaan we samen naar de bakker,' besluit Bangla Beppie.

'Nee, de zon schijnt op dit uur te fel voor mij. Daarom wilde ik vragen of jij...' begint Emilia.

'Te fel?' lacht Bangla Beppie. 'Je hebt toch een prachtig hoedje dat je tegen de zon beschermt?'

'Hm...' zegt Emilia, terwijl ze verlegen naar haar vingers staart.

'Je hebt het toch al gedragen, hoop ik?' vraagt Bangla

Beppie.

'Het is wel erg rood,' stamelt Emilia.

'Ben je gek? Het is gewoon mooi! Ga het als de bliksem halen!' zegt Bangla Beppie.

Emilia verroert geen vin.

'Zijn we koppig,' plaagt Bangla Beppie. 'Dan doe ik mee.' Niet begrijpend kijkt Emilia haar aan. 'Jij wilt geen hoedje? Ik wil geen koek!' zegt Bangla Beppie beslist. 'Dus... ofwel blijven we hier zonder hoedje en zonder koek... ofwel gaan we naar buiten met hoedje en om een koek! Jij beslist!' Bangla Beppie kruist haar armen en wacht af.

'Wat ik ook kies, ik verlies over de hele lijn... Maar oké, oké! Ik haal dat rode ding al,' moppert Emilia.

De twee vriendinnen fietsen naast elkaar naar Emilia's bakker in de westerse wijk. Een jonge riksjarijder haalt hen in, kijkt achterom en gaapt hen aan.

'Zie je wel?' zegt Emilia tegen Bangla Beppie. 'Hij staarde naar mijn rare hoed.'

'Dat was bewondering!' lacht Bangla Beppie. Ze wuift vriendelijk naar de riksjarijder, die meteen voor zich uit kijkt en snelheid maakt.

'Jij hebt altijd voor alles een verklaring,' zucht Emilia.

De bakker toont zijn koekjes en vertelt terloops dat hij nog geen vijf minuten geleden het laatste stukje van Emilia's favoriete gebak verkocht heeft. Maar hij heeft iets nieuws dat Emilia zeker ook zal lusten... Bangla Beppie heeft plezier in de sluwheid van de bakker die Emilia laat kopen wat hij wil dat ze koopt...

Op de terugweg komt er een riksja vervaarlijk dicht bij Bangla Beppie en Emilia rijden. Bangla Beppie herkent de jongen van daarnet. Hij raakt met zijn achterwiel Emilia's fiets zodat ze de controle over het stuur verliest. Bangla Beppie springt meteen van haar fiets en rent naar haar vriendin. Ook de riksjajongen komt naar Emilia toe, hij geeft haar een duw, zodat ze opnieuw wankelt. Emilia's hoed en handtas vallen op de grond.

'Hé, wat moet dat!' roept Bangla Beppie boos.

De jongen doet of hij niets hoort en graait naar Emilia's spulletjes die op de grond liggen. Maar hij heeft buiten Bangla Beppie gerekend. Ze laat Emilia los en geeft de jongen een flinke tik met haar handtas. Met een kreet van pijn grijpt de riksjarijder naar zijn schouder, hij staart Bangla Beppie geschrokken aan.

'Laten liggen, hoor je!' roept Bangla Beppie, terwijl ze hem nog een flinke mep verkoopt. 'Je moest je schamen!

Hulpeloze oudjes beroven, sapperlootjes!'

Van alle kanten komen mensen toegestroomd. De riksjajongen gaat er zonder buit vandoor. Emilia wordt een
huis binnengeleid en krijgt wat te drinken, terwijl iemand haar fiets in orde brengt. Even later fietst Bangla
Beppie met haar naar huis. Met het hoedje, de koekjes
en de handtas. De koekjes vallen in stukken en brokken
in de schaal. Emilia loopt handenwringend door de keuken. 'Waarom overkomt mij dit toch? Waarom?' zucht
ze.

'Omdat jij koekjes wilde,' zegt Bangla Beppie kordaat.

'Nee, omdat jij wilde dat ik die rode hoed opzette!' jammert Emilia.

'Doe niet zo belachelijk, Millie. Die jongen had het op je
handtas gemunt,' zegt Bangla Beppie.

'Nu je het toch over handtassen hebt...' antwoordt Emilia. 'Jij deelde wel heel rake klappen uit voor een hulpe-
loos oudje!'

'Ik had een geheim wapen,' giechelt Bangla Beppie.
'Mijn koperen Ganesh. Ik zei je toch dat hij al je problemen oplost!'

11. Joggen

Bangla Beppie gooit de krant in de vuilnisbak en rekt zich uit.

'Zo,' zegt ze. 'Genoeg hersenwerk. Tijd om een rondje te joggen. Eerst de spieren opwarmen...'

Ze buigt zich voorover om beurtelings met haar rechterhand haar linkervoet en met haar linkerhand haar rechtervoet aan te raken. Kraaaaak!

'Sapperlootjes! Daar gaan we weer!' schrikt ze, terwijl ze aan haar billen voelt. Er zit een flinke scheur in de sari*. 'Waarom trek ik ook niet meteen een joggingpak aan?' moppert Bangla Beppie op de trap naar boven. 'Het is al de derde keer dat me zoiets overkomt!'

Door de gymschoenen van Abdur heeft Bangla Beppie de smaak van het joggen te pakken gekregen. Ze heeft wat sportlectuur doorgenomen en weet nu dat ze haar conditie langzaam moet opbouwen: een stuk joggen, een stuk wandelen en dan weer een stuk joggen zonder dat ze helemaal buiten adem raakt.

'Ja, Elisabeth,' zegt Bangla Beppie tegen zichzelf, 'je moet soms geduld hebben in het leven.'

Ze loopt langs de metalen poort naar buiten en begint te joggen. Het probleem in Dhaka is niet zozeer de klamme hitte, want Bangla Beppie transpireert ook als ze niet jogt. Vooral de slechte wegen met de diepe kuilen en de onverwachte hindernissen zijn gevaarlijk. Als ze niet oplet, verzwikt ze zo haar enkel. Bovendien is een mensenleven hier veel minder waard dan een koeienleven. Een koe is heilig, geeft melk, kaas en vlees, terwijl een mens – en zeker een vrouw – van weinig belang is. Bij de hoek van de straat mag ze weer een stuk wandelen. Het leek sneller te gaan dan de vorige keer.

Bangla Beppie knijpt haar ogen tot spleetjes. Loopt Shing daar voor haar? Hij had gisteren alles slordig achtergelaten. De schoffel en de hark lagen op de grond. Het kleine harkje hing in een struik en het mandje met onkruid was niet leeggemaakt. En de poort stond open, terwijl Bangla Beppie hem op het hart gedrukt had die te sluiten. Het was de eerste keer dat Shing slordig werk geleverd had. Zou ze achter hem aan gaan en om een verklaring vragen? Nee, dan moet ze te hard rennen, en als ze buiten adem is, kan ze niets vragen.

Shing kijkt over zijn schouder en glipt door een deur naar binnen. Bangla Beppie schudt haar hoofd. Ze zal

ooit wel horen wat er scheelt. Nu moet ze weer wat joggen. Het zweet loopt in straaltjes naar beneden. Haar
sportkleding plakt aan haar lichaam, maar het gaat lekker. In de verte blikkert de metalen poort al in de zon.
Opeens duikt naast haar iemand op. 'Dag, Beppie Ma,
kemon achho*? Alles goed?'
Geschrokken kijkt Bangla Beppie opzij. 'Ha*, Abdur! Je
schoenen worden goed gebruikt, zoals je ziet!' lacht ze.
'Kwaliteit, Beppie Ma. Abdur alleen kwaliteit,' zegt hij.
'Daar twijfel ik niet aan,' hijgt Bangla Beppie.
Ze moet het laatste stuk gewoon lopen, want praten en
joggen lukt niet. Abdur ziet er tevreden uit. 'Jij nog
sportzaken wensen? Ik brengen!' zegt hij.
'Je bent een beste man,' antwoordt Bangla Beppie. 'Maar
voorlopig kan ik verder met wat ik heb. Was je op weg
naar mij?' Ze kijkt een beetje verbaasd naar Abdurs lege handen.
'Nee, nee, Beppie Ma. Is toeval. Ik passeer. Mag toch,
ha?' zegt Abdur. Hij glimlacht.
'Dat mag,' zegt Bangla Beppie.
Bij de metalen poort blijft Abdur opeens staan, hij draait
zich om en loopt terug in de richting van waar hij gekomen is. Bangla Beppie verlangt te zeer naar een frisse
douche om zich daar vragen bij te stellen.

'Holadiejee!' gilt Bangla Beppie terwijl ze even later langs de trapleuning naar de hal glijdt. Ze belandt met een bons op de vloer en een grote kakkerlak gaat er geschrokken vandoor. Ze heeft al zoveel kakkerlakken gezien dat ze deze niet eens had opgemerkt.

Een honger dat ze heeft! Het lijkt alsof er tropische donderstormen door haar maag razen. Bangla Beppie houdt een hand tegen haar rommelende buik. Dat brengt haar op een idee. Ze steekt haar andere hand in de lucht en met een paar passen erbij wordt het plotseling een indianendans. Zo huppelt ze naar de keuken. Wat zal ze klaarmaken? Geen te ingewikkelde toestanden, maar ook geen saaie boterham. 'Pannenkoeken! Dat is een eeuwigheid geleden.'

In een mum van tijd is het beslag klaar. Bangla Beppie laat boter in de pan smelten en giet er een lepel beslag in. Ze gooit de pannenkoek hoog de lucht in en vangt hem handig weer op. Wanneer hij lekker knapperig is, laat ze hem op haar bord glijden. Ze bestrooit hem royaal met suiker. 'Sapperlootjes, ik was vergeten dat een pannenkoek zo verrukkelijk kan zijn!' smakt ze.

In de hoeveelheid beslag heeft ze zich een beetje vergist. Wat moet ze met het overschot?

'Millie?' denkt ze hardop. Nee, die komt voorlopig haar

huis niet uit. Bangla Beppie kijkt naar de half afgewerkte tuin. 'Zie je nu, Shing? Als je vandaag teruggekomen was, kreeg je een portie pannenkoeken mee naar huis,' moppert ze. 'Dan waren beide problemen opgelost: mijn tuin in orde en het beslag op.' Opeens klaart haar gezicht op. 'Ik zal een paar dunne pannenkoeken bakken en aan de waslijn hangen voor de vogels,' beslist ze. Het ziet er bijzonder leuk uit, die wapperende deegdoekjes. Bangla Beppie kijkt trots om zich heen naar de zwijgende flatgebouwen. 'Zien jullie dat?' roept ze. 'Kunst in de tuin!'

Zag ze daar niet iets bewegen bij Hasan? Bangla Beppie wappert met de pan en een pannenkoek. 'Heb je trek in pannenkoeken?' roept ze.

Hasan knikt enthousiast en opent het raam. 'Tja,' aarzelt Bangla Beppie. 'Zal ik het wagen? Ach, waarom niet?' Met een brede zwaai van de pan mept ze de pannenkoek de lucht in. Hij gaat steeds hoger en vol spanning volgt Bangla Beppie zijn koers. Net onder de eerste verdieping heeft de pannenkoek zijn hoogtepunt bereikt en valt hij slap als een vod naar beneden. Hasan maakt een spijtig gebaar, maar Bangla Beppie geeft niet zo vlug op.

'Ik zal de volgende pannenkoek wat dikker maken,' mompelt ze. 'Dan kan ik hem meer kracht geven en krijgt de wind er minder vat op. Ik moet ook een betere uitgangspositie bedenken. Op het terras van mijn slaapkamer, bijvoorbeeld, dan kan ik ze bijna recht naar binnen mikken.'

Met een stapeltje van vijf pannenkoeken begeeft Bangla Beppie zich even later kordaat naar het terras. Tot haar teleurstelling is Hasan bij het raam vandaan gegaan. Hij zal gedacht hebben dat ze het na één keer voor bekeken hield. 'Ohee, Hasan, ohee!' roept ze. Na drie keer roepen verschijnt hij opnieuw, met Paulien erbij. Daar gaat de eerste pannenkoek. PAF! Recht tegen het gesloten raam, waar hij een grote vetplek achterlaat. 'Ojee, dat was niet de bedoeling,' zucht Bangla Beppie. 'Een beetje meer naar links, dus.' Hasan heeft intussen alle ramen opengezet.

'Een, twee, hoplakee!' roept Bangla Beppie. En daar gaat de tweede pannenkoek, keurig een raam binnen. Ze hoort de juichkreten tot op het terras. Triomfantelijk verschijnt Hasan met de pannenkoek in zijn hand. Breed glimlachend neemt hij er een hap van, maar Paulien eist dadelijk haar deel op. In een wip hebben ze de pannenkoek op en staan ze klaar voor meer.

'Pas op, hier komt de rest!' roept Bangla Beppie. 'Ik gooi ze allemaal na elkaar, anders verlies ik het juiste richtingsgevoel.' Hop, hop en hop, de ene pannenkoek na de andere vliegt de lucht in. Wanneer ze veilig aankomen, klinkt er geschreeuw en applaus. Bij een misser volgt er een kreet van teleurstelling. 'Mogen we er nog? Ik vind ze heel lekker!' schreeuwt Paulien. Bangla Beppie heeft het behoorlijk warm gekregen van al dat mikwerk. 'Weet je wat? Kom ze hier eten!' roept ze.

Bijna onmiddellijk daarna gaat de bel. Op het scherm in de keuken staat het smalle gezicht van Shing. 'Wel, wel,' mompelt Bangla Beppie verbaasd. 'Van een verrassing gesproken! Ik ben benieuwd wat hij te vertellen heeft.' Bangla Beppie wordt echter niet veel wijzer van het verwarde verhaal dat Shing ophangt. Het enige wat ze begrijpt, is dat het Shing spijt en dat hij duizend excuses aanbiedt, wat hij om de twee zinnen herhaalt. 'Het is in orde, Shing,' wimpelt Bangla Beppie hem af. 'Zorg er in het vervolg gewoon voor dat je de poort sluit.'

De bel gaat opnieuw en voor Bangla Beppie begrijpt wat er gebeurt, duikt Shing het schuurtje in. Paulien en Hasan bonzen op de trage poort en rennen uitgelaten naar binnen. Bangla Beppie neemt hen mee naar de keuken en gaat verder met pannenkoeken bakken. Ze krijgen beiden een bord waarop ze hun pannenkoek met suiker of stroop kunnen besmeren. Met een opgerolde pannenkoek in de hand lopen de kinderen naar buiten, om hem op te eten onder de mangoboom.

Bangla Beppie blijft binnen, in de koelte van de airco. De kwebbelende kinderstemmen doen haar glimlachen. 'Ach, wat kan geluk soms eenvoudig zijn,' zucht ze.

Paulien en Hasan blijven niet zo lang, want ze willen nog met Margot cricketen voor het donker is. 'Cricketen?' herhaalt Bangla Beppie verrukt. 'Heb je geen speler te kort? Ik was niet slecht vroeger.'

'Wat?' roept Paulien ongelovig. 'Heb jij cricket gespeeld? Mocht dat dan van je ouders?'

Bangla Beppie houdt een vinger tegen haar lippen. 'Ssst,' fluistert ze. 'Die hebben het nooit geweten!'

Paulien en Hasan schateren het uit. 'Oké,' zegt Hasan. 'We zullen je een keertje meenemen.' 'Beloofd!' roept Paulien.

En na die belofte sluit Bangla Beppie de poort. Dan pas denkt ze weer aan Shing, maar die is intussen uit het schuurtje verdwenen. Hij is waarschijnlijk weggegaan terwijl zij in de keuken zaten. Was de poort dicht toen ze daarnet de kinderen buitenliet? Ja, zeker weten. Bangla Beppie kijkt van de poort naar het schuurtje en terug. 'Shing is anders dan gewoonlijk. Ik zou wel eens willen weten wat er aan de hand is,' mompelt ze.

12. Grote receptie

De eerste auto's stoppen voor de ambassade. Alle gasten worden zorgvuldig gecontroleerd door veiligheidsagenten. De ambassadeur is tevreden met deze regeling. Gelukkig reageren de gasten begripvol.

In de grote zaal klinkt klassieke muziek. Aan de ingang verwelkomen de ambassadeur en zijn gezin elke gast persoonlijk. Paulien staat als een ingesnoerde mummie naast haar ouders. Een grote, roze strik houdt haar krullen in bedwang. Een strak aangespannen ceintuur om haar middel houdt haar gekneld in een belachelijke jurk en haar tenen zitten samengeknepen in puntschoenen. Haar wangen doen pijn van het stijve glimlachen. Als het nog lang duurt, staat die grijns misschien voor altijd in mijn gezicht gegrift, bedenkt Paulien met afschuw. Stel je voor dat ik de rest van mijn leven zo verder moet. Dan moet ik zelf ook op een ambassade gaan werken! Intussen blijft ze knikken, handjes schudden... en geduldig verdragen dat onbekenden tegen haar wang tikken, in haar schouders knijpen en haar kin tussen hun duim en wijsvinger klemmen. Er zijn nog maar een paar kinderen aangekomen. Voorlopig blijven ze bij hun ouders. Na een kort welkomstwoord moet Paulien hen meenemen naar de kleine zaal, waar zij de gastvrouw is. Help! Daar verschijnen Max en Pam. Ze zijn allebei helemaal in het wit, een en al zuiverheid en onschuld. Paulien weet wel beter. Ook de tijger tilt wantrouwig zijn kop op. De lelijkste woorden schieten door Pauliens hoofd, maar ze steekt haar hand naar Max uit en zegt met honingzoete stem: 'Welkom, Max, ik hoop dat het een prettige avond wordt.'

'Dat zal van jou afhangen, Pauly,' sist Max, terwijl hij haar hand tussen zijn worstenvingers fijnknijpt. Paulien weet dat Max het leuk vindt om mensen pijn te doen, daarom draagt ze geen ringen als hij komt. Haar handspieren zijn bovendien goed geoefend door het cricket, zodat ze Max' hand met een lieve glimlach even hard kan knijpen. Haar triomf is van korte duur. In het voorbijgaan trapt Max zo hard op Pauliens geknelde tenen, dat de tranen in haar ogen springen. Max slaagt er altijd in om haar onopvallend te kwellen. Grijnzend loopt hij verder.

Nu is het de beurt aan zijn zus. 'Welkom, Pam, ik hoop dat het een prettige avond wordt,' dreunt Paulien haar zinnetje af.

'Als jij verdwijnt misschien,' sist Pam door haar beugel; het spuug spat in Pauliens gezicht.

Was de avond al maar voorbij, denkt Paulien. Gelukkig komen er ook Chinese acrobaten, dat zou wel eens de moeite waard kunnen zijn. Paulien heeft hen op de televisie gezien. Ze kunnen hun lichaam in de onmogelijkste houdingen kronkelen en supersnelle salto's uitvoeren. Misschien willen ze haar een paar trucs leren.

Intussen zijn alle gasten aangekomen. Fatema en Asha komen met hapjes en zoutjes langs. Paulien grabbelt gretig in de schaal. Ze heeft wel wat verdiend, vindt ze. Tot haar grote verbazing laat Max het lekkers aan zijn neus voorbijgaan. Zou hij op dieet zijn? De ouders van Max knikken hem goedkeurend toe. Pauliens vader tikt even tegen de microfoon en de genodigden gaan in een halve cirkel om hem heen staan. Ze zijn goed gedrild op de ambassades. Maar wat is Max van plan? Hij schuifelt naar de tafel waar de schalen met chips en nootjes neergezet zijn. Terwijl iedereen naar de speech luistert, propt Max zich vol.

Op een teken van haar moeder neemt Paulien de kinderen mee naar de kleine zaal. Er staan een paar spelcomputers, een springkasteel en een rad van fortuin met de prijzen die Paulien heeft ingepakt. Een clown komt waggelend aangelopen en maakt met gebaren duidelijk dat hij hen wil leren goochelen. Max en Pam hebben allebei een dienaar meegenomen. De Indiër die Max vergezelt, kent Paulien nog niet, Max heeft om de haverklap een nieuwe knecht. De Indiër ligt opeens languit op de vloer en iedereen lacht. Hij buigt onderdanig, buigt nog eens en verontschuldigt zich uitvoerig, terwijl Max hem de huid vol scheldt. Paulien gaat bij de goochelende clown staan. Hij is erg handig met sluiers, balletjes en tulbands. 'Peanuts, niks aan,' schimpt Pam. 'Heb ik al duizend keer gezien. Ik zal jullie eens iets spectaculairs laten zien.'

Uit haar broekzak haalt ze een doosje, waarmee ze geheimzinnig rammelt. Meteen heeft ze een kring van belangstellenden om zich heen. Pam opent het doosje en alle kinderen deinzen vol afschuw achteruit. Er zit een reusachtige kakkerlak in, die vliegensvlug probeert te ontsnappen. Maar Pam is hem voor en duwt hem hardhandig terug in zijn gevangenis.

'En?' daagt ze de clown uit. 'Kun jij daar trucjes mee doen?'

Als Pam gedacht had dat de clown met veel afgrijzen voor de opdracht zou bedanken, heeft ze het mis. Hij werpt een blik op het doosje en geeft het aan Pam terug.

'Het is leeg,' zegt hij.

Pam opent verontwaardigd het doosje, maar dat blijkt inderdaad leeg. 'Geef mijn kakkerlak terug!' roept ze. 'Of ik ga het aan mijn vader vertellen!'

'Ik heb hem niet,' zegt de clown. 'Jij hebt hem.' Met een sierlijke zwaai plukt hij de kakkerlak uit Pams hals. Alle kinderen schateren van plezier. Paulien zou de clown zo een zoen willen geven.

Pam stampvoet van woede. 'Geef mijn kakkerlak terug!' zegt ze met het open doosje voor de neus van de clown. 'Ik heb hem niet,' zegt de clown rustig hij en tovert de kakkerlak uit Pams oor. En weer volgt een daverend lachsalvo. Dat scenario wordt nog een paar keer herhaald, tot de kakkerlak weer in Pams doosje belandt.

'Zorg maar goed voor je lieverd,' zegt de clown. 'Zodat hij niet meer ontsnapt.'

Pam kijkt de clown met een nijdige blik aan, maar houdt haar mond. Ze weet wanneer ze overwonnen is. Hop, daar ligt de Indiër weer op de vloer. Iedereen lacht om zijn onhandigheid.

Paulien gaat de hapjes halen en wanneer ze terug in de kleine zaal komt, ligt de Indische jongen alweer op de vloer. Hij krabbelt iets minder snel overeind en zijn verontschuldigingen zijn al wat minder gemeend. Paulien gaat rond met miniworstenbroodjes en Bengaalse hapjes en kijkt terloops wat er met die Indische jongen aan de hand is. Als ze het niet gedacht had... Max licht hem een beentje. Hoeveel keer zou de Indische jongen deze avond al op zijn buik beland zijn? Paulien kan het niet meer aanzien. De tijger schudt vervaarlijk met zijn kop. Zodra Max in zijn computerspelletje verdiept is, sluipt Paulien naar hem toe. Ze bindt de veters van zijn schoenen aan elkaar. Daarna gaat ze een nieuw dienblad uit de keuken halen. 'Wil er iemand bitterballen?' vraagt ze. Max wil er als eerste bij zijn. PAF! Daar gaat hij, languit op de vloer. Alle kinderen gieren het uit van de pret, ook de Indiër. Max maakt woedend zijn veters los, vliegt op de Indiër af en wil hem een klap geven.

De tijger springt op. 'Stop, Max!' roept Paulien. Het wordt opeens muisstil. 'Sinds wanneer geef jij mij bevelen?' brult Max. 'De Indische jongen is onschuldig,' zegt Paulien. 'Ik heb je veters aan elkaar gebonden... omdat jij hem elke keer een beentje lichtte.'

'Waar bemoei je je mee?' mengt Pam zich in het gesprek. 'Ons personeel wordt betaald om te doen wat wij zeggen.'

'Max gedraagt zich schandalig,' zegt Paulien met vlammende ogen.

'Dat vind ik ook,' mompelt iemand anders.

'Welnee,' zegt een meisje met twee grote oorringen. 'Die lui weten niet beter.'

'O nee,' schampt een ernstige jongen met een bril. 'En jij? Weet jij beter?'

'Wie denk je wel dat je bent?' bitst een andere jongen tegen Paulien. 'Je ondermijnt het gezag!'

Paulien kijkt met hoogrode wangen naar haar gasten.

'Je hebt een belachelijke jurk aan, Paulien,' zegt het meisje met de oorringen.

'Kijk naar jezelf met je grote schuiten aan je voeten,' snauwt Margot. 'Zorg dat ze niet met je wegvaren!' Paulien geeft haar een dankbare glimlach.

Opeens heeft iedereen wat op een ander aan te merken. Het blijft niet bij woorden, ze beginnen te duwen, te trekken en te vechten. De clown probeert hen te kalmeren. De tijger brult. Even later staat Pauliens vader in de zaal.

'Wat is hier aan de hand?' Zijn ijzige stem legt iedereen het zwijgen op. 'Het optreden van de Chinese acrobaten begint, kinderen!' roept Pauliens moeder vrolijk. 'Kom maar gauw mee.' De lichte trilling in haar stem ontgaat Paulien niet. De muziek wordt harder gezet en de kinderen volgen Pauliens moeder.

'Jij niet, Paulien,' sist de ambassadeur. Hij grijpt haar hardhandig bij de arm en grauwt: 'Jij gaat onmiddellijk naar je kamer! En daar blijf je tot morgenvroeg!'

Margot is als enige van de kinderen achtergebleven.

'Max en Pam zijn gemeen... Paulien is geweldig...' probeert Margot. Maar de ambassadeur steekt zijn hand op.

'Het kan me niet schelen wat er gebeurd is,' zegt hij. 'Paulien was de gastvrouw. Ze heeft me teleurgesteld. Zou jij zo vriendelijk willen zijn om naar de acrobaten te gaan kijken?'

Margot haalt haar schouders op en kijkt met een verontschuldigende blik naar Paulien.

'Papa, ik...,' zegt Paulien. Maar haar vader wil niets horen.

'Naar je kamer!' snauwt hij.

'Maar papa, het was niet mijn schuld... ik wil de acrobaten graag zien...' probeert Paulien.

'Geen denken aan!' snauwt haar vader. 'Verdwijn!'

Paulien sjokt naar haar kamer. Ze schopt haar schoenen onder de kast. De tijger in haar buik is wilder en groter dan ooit.

'Het is niet eerlijk!' brult ze. 'Waarom zou ik respect moeten hebben voor kinderen die niemand respecteren? Waarom moet ik belangstelling hebben voor iedereen, als niemand belangstelling heeft voor mij? Ik haat ambassades! Ik haat die snertfeesten! Ik haat al die rotkinderen!'

Ruw rukt Paulien haar jurk los, zodat de knopen eraf springen. Ze propt de roze stof samen tot een bal en schopt hem weg. Dan trekt ze de strik los en schudt haar haar tot het over haar schouders valt. Ze graait naar de roze broek en het rode T-shirt die op een veilig plekje zijn opgeborgen. Ze werpt een laatste blik op haar kamer en opent het raam. De tijger springt zijn vrijheid tegemoet.

13. *Vreemde gebeurtenissen*

'Oh, Elisabeth!' jammert Emilia aan de telefoon. 'Het houdt niet op! Er gebeuren zulke rare dingen.'
'Wat leuk voor je!' reageert Bangla Beppie enthousiast. 'Ben je misschien verliefd?'
Het blijft stil aan de andere kant van de lijn en dan – klik – wordt er opgehangen. Bangla Beppie kijkt verbaasd naar haar toestel. Zou Millie boos zijn? Bangla Beppie belt terug, maar eerst is de lijn bezet en daarna neemt Emilia niet meer op. Bangla Beppie haalt haar schouders op en staart naar de tuin. Nu Shing er de bruiaan geeft, zal ze er zelf iets aan moeten doen.
'Hallo Beppie Ma!' Een witte sok op een bezemsteel steekt boven de poort uit.
'Ben je daar weer, Abdur?' roept Bangla Beppie. Ze sleept een oude stoel tot bij de poort. 'Hoe gaat het met je?' vraagt ze.
Abdur knikt met een grote glimlach van oor tot oor. 'Bhalo*, goed! Kijk, sokken voor in gymschoenen! Kopen?' De sokken zien er allemaal even hagelwit en nagel-

nieuw uit.

'Vooruit dan maar,' zegt Bangla Beppie.

Dan ziet ze in de verte Emilia aankomen, ze heeft haar rode hoedje op. Bangla Beppie wuift uitbundig. Abdur volgt haar blik en verstart. Gejaagd rommelt hij tussen zijn sokken en vist er een paar uit voor Bangla Beppie.

'Zo, Abdur, mag ik niet kiezen?' vraagt ze.

'Na,* na, allemaal zelfde,' zegt Abdur snel. De prijs die Bangla Beppie noemt, is meteen goed. Abdur neemt het geld aan en bekijkt haar met een indringende blik. 'Voorzicht, Beppie Ma!' fluistert hij. 'Goed oppas. Dit niet goed zijn.'

Bangla Beppie kijkt hem verbaasd aan. 'Wat is niet goed, Abdur?' vraagt ze. 'Binnen blijven, Beppie Ma. Poort dicht, niet joggen. Voorzicht! Ses*! Abdur waakt.' Abdur propt zijn spullen in de tas en maakt zich uit de voeten.

Emilia is intussen bij de poort aangekomen. 'Wat deed je daar voor rare zaakjes, Elisabeth?'

Bangla Beppie kijkt hoofdschuddend op haar vriendin neer. 'Als je in zo'n bui bent, laat ik je niet binnen!' dreigt ze. 'Ik ken Abdur al jaren.'

'Een bedelaar aan je deur toelaten?' schreeuwt Emilia. 'Hoe kun je zo stom zijn, Elisabeth? Binnen de kortste keren valt hij met een bende je huis binnen.'

Bangla Beppie stapt bedaard van de stoel. 'Dag Millie!' zegt ze. 'Tot een volgende keer!'

'Hé!' klinkt het verontwaardigd aan de andere kant van de poort. 'Zo laat ik me niet afschepen! Eerst leg je de hoorn op de haak en dan kan ik je niet meer bereiken. En nu laat je me niet binnen! Mooie vriendin ben jij, Elisabeth!'

'Sapperlootjes, Millie! Jij hing op, niet ik!' roept Bangla Beppie. 'En toen ik terugbelde, kreeg ik de bezettoon en daarna nam je niet op.' Het blijft even stil. Opeens schalt Bangla Beppies lach door de tuin. 'Ik snap het!' roept ze, terwijl ze op de knop voor de poort duwt. 'Jij was naar mij aan het bellen en ik naar jou. Wat dom van ons! Kom er gauw in!'

Emilia dribbelt nog steeds beledigd naar de bank onder de mangoboom. Ze veegt hem schoon met een papieren zakdoekje en gaat zitten.

'Jij kunt er wel om lachen,' pruttelt ze. 'Maar ik voel me niet gerust als ik zie wat er de laatste tijd allemaal gebeurt. Als jij het gesprek niet hebt afgebroken, en ik ook niet, wat is er dan wel gebeurd? Soms rinkelt de telefoon midden in de nacht en als ik hem opneem, wordt de verbinding meteen verbroken. Net alsof iemand controleert of ik thuis ben.'

Bangla Beppie ploft naast Emilia op de bank. 'Waarom zou iemand het op jou gemunt hebben?' vraagt ze. 'Je weet toch hoe dat hier gaat. Ze voeren waarschijnlijk ergens herstellingen uit en dan ligt de hele boel plat. Schaf je een mobieltje aan, dat is gemakkelijker.' Bangla Beppie wijst naar een grote, blauwe vlinder die door de tuin fladdert en zegt: 'Mooi, hè? Bijna net zo knap als jij met je nieuwe hoedje. Die papaver aan de zijkant is echt leuk.'

'Ik heb getwijfeld of ik hem zou opzetten,' zegt Emilia. 'Het is net alsof die hoed ongeluk brengt.'

Bangla Beppie geeft haar vriendin een por. 'Doe niet zo bijgelovig! Ik denk dat jij aan een kopje muntthee toe bent.'

Emilia zet haar hoed af en speelt wat met de papaver. 'Ik heb je nog niet alles verteld. Gisterochtend had ik mijn boodschappentas in de gang gezet en even later stond die op een andere plek. Ik had ze niet aangeraakt... denk ik,' zegt ze aarzelend.

'Dat overkomt mij voortdurend,' sust Bangla Beppie. 'Er zit een beetje sleet op ons geheugen.'

Emilia schudt koppig haar hoofd. 'Wanneer ik op straat loop, heb ik het gevoel dat ik in de gaten gehouden wordt...' zegt ze. 'Onlangs heb ik een boek gelezen waarin het hoofdpersonage ook zoiets meemaakt...' Ze wuift zich wat koelte toe met het hoedje en zwijgt. In de verte rinkelt een riksjabel. Iemand schreeuwt iets. Er klinkt geritsel in de mangoboom en dan begint een buulbuul te zingen.

'Is dat niet prachtig?' zegt Bangla Beppie. 'Dit gezang betekent dat je vanaf nu alleen nog leuke dingen meemaakt. Kom, we drinken een kopje muntthee, met een koekje erbij. En daarna doen we een spelletje memory om ons geheugen te trainen.'

Emilia kijkt tevreden op. In memoryspelletjes verslaat ze Bangla Beppie bijna elke keer. Ze neemt de uitgestoken hand van haar vriendin en laat zich overeind trekken. 'Je krijgt een extra dikke plak koek van Aminul,' belooft Bangla Beppie.

'Alles wat je voorstelt, is goed,' antwoordt Emilia. 'Vandaag toch...' voegt ze er vlug aan toe. 'En voor eventjes,' zegt ze, na een blik op haar horloge.

Maar Bangla Beppie rent al naar de keuken.

14. Wat een avond!

Emilia is nog maar net vertrokken als de bel weer gaat.
Intussen is het donker geworden. De nacht valt snel in
Bangladesh. Het gezicht van Shing verschijnt op het
scherm. 'Kom je voortaan 's avonds werken?' zegt Bangla Beppie als ze hem binnenlaat.
Nee, voor de tuin is Shing niet gekomen. Hij schraapt
een paar keer zijn keel. 'Ik zou een grote gunst willen
vragen, mevrouw,' zegt hij gejaagd. 'Maar u mag nee zeggen.'
'Stel je vraag maar,' antwoordt Bangla Beppie. 'Ik zeg
nooit nee op voorhand.'
'Het kan gevaarlijk zijn,' zegt Shing nerveus.
'Je gaat me toch niet vragen om gestolen goederen te
verbergen?' plaagt Bangla Beppie. Shing knippert met
zijn ogen. Hij kijkt langs haar heen naar het huis en zegt:
'Mijn vrouw en kind hebben geen veilige plaats om te
wonen. Ik zie geen uitweg. Het is maar voor even...'
Bangla Beppies lach schalt door de tuin. 'Moet je daar
nu zo geheimzinnig over doen?' Maar Shing kan er niet

om lachen. Hij ziet er zo gespannen uit, dat Bangla Beppie met hem te doen heeft. 'Maak je maar geen zorgen. Het is goed,' zegt ze. 'Wanneer wil je ze naar hier brengen?'

Shing kijkt schuw om zich heen. 'Als het kan, heel snel,' zegt hij.

Bangla Beppie begrijpt hem meteen. 'Laat ze maar komen!'

'Dank u! Duizendmaal dank, mevrouw!' zegt Shing. Hij voegt er een hele reeks gebaren en klanken aan toe en doet eerbiedig groetend een paar passen achteruit. Dan roept hij iets. Nog voor de poort helemaal open is, staan er al twee gesluierde mensen in de tuin. Shing brengt hen naar het schuurtje. 'Dank u mevrouw, duizendmaal dank,' zegt hij weer.

'Hé,' zegt Bangla Beppie geschrokken. 'Dat bedoelde ik niet.' Shing draait zich met een ruk om. 'Dit is toch geen huis,' zegt Bangla Beppie. 'Ik heb een logeerkamer.'

Shing schudt zijn hoofd. 'Dit huis is goed genoeg. Ze hebben al het nodige bij zich en zullen u niet tot last zijn.' Hij glipt door de langzaam dichtgaande poort weg. 'En jij?' roept Bangla Beppie hem achterna. 'Blijf jij niet?' Maar er komt geen antwoord.

Bangla Beppie gaat naar het schuurtje en vraagt haar

gasten of ze mee naar de keuken komen. Twee paar ogen kijken haar verschrikt aan. Blijkbaar heeft Shing strenge instructies gegeven. Ze hebben een koffertje bij zich en een matje dat ze op de vloer uitrollen. Bangla Beppie heeft er hartzeer van dat ze hun slechts een betonnen vloer in een stoffig schuurtje mag aanbieden. Dan gaat de bel, alweer. Shings vrouw slaat beschermend haar arm om haar dochter.

'Wie is daar?' roept Bangla Beppie.

'Ik ben het, tante Beppie!'

'Paulien! Wat een verrassing!' zegt Bangla Beppie en ze drukt meteen op de knop. 'Kom jij ook naar binnen?' vraagt ze aan de riksjaloper met wie Paulien aan het praten is.

'Nee, ik wacht alleen om te horen of het mogelijk is,' antwoordt hij.

'Of wat mogelijk is?' vraagt Bangla Beppie.

'Het zit zo,' zegt Paulien. 'Bij ons thuis was er een feest, ik liep in de weg en wou bij Hamid logeren, maar dat gaat niet. Mag ik voor een nacht bij jou blijven?' Het is geen echte leugen, denkt ze bij zichzelf.

'Ja hoor!' lacht Bangla Beppie. 'Iedereen is welkom. Je krijgt een kamer helemaal voor jou alleen.'

Hamid glimlacht. 'Mooi, dan ga ik naar huis. Dag Paulien!' zegt hij. Paulien zwaait tot de poort helemaal dicht is.

'Kom,' zegt Bangla Beppie. 'We zullen je bed opmaken. Heb je je pyjama bij?'

Paulien toont haar lege handen. 'Vergeten,' zegt ze zacht. 'Maar dat is niet erg.'

'Je hebt gelijk,' beaamt Bangla Beppie. 'Het is de moeite niet om achter Hamid aan te gaan voor een pyjama. Ik geef je wel iets uit mijn kast.'

Paulien duikelt een paar keer over het gras. 'Nou, nou,' grinnikt Bangla Beppie. 'Dat is om jaloers op te worden! Schitterend, wat jij kunt.'

'Het is niet zo moeilijk, hoor,' zegt Paulien. 'Ik zou graag een echte salto leren maken, dat is pas ingewikkeld.' De tijger in haar buik strekt zich tevreden uit.

Paulien loopt met Bangla Beppie naar boven. Ze mag lakens uitzoeken en krijgt een pyjamabloes, die tot over haar knieën valt.

'Heb je zin om te helpen koken?' vraagt Bangla Beppie. 'Graag,' zegt Paulien vrolijk, blij dat ze lekker mag meedoen.

Bangla Beppie stapt kordaat naar de overloop en zwaait haar been over de leuning. Paulien staart haar met open mond na. 'Wel?' vraagt Bangla Beppie wanneer ze be-

neden staat. 'Waarop wacht je?' Paulien kan het niet geloven. Mag je hier zomaar langs de leuning naar beneden glijden? Vrolijk zoeft ze naar beneden.

Bangla Beppie trekt de keukenkasten open. 'Hm,' zegt ze
nadenkend. 'Ik zal maar voor iedereen koken. Ik heb na-
melijk nog gasten in het schuurtje. Onverwacht, net als
jij.'

'In het schuurtje?' vraagt Paulien verbaasd.

'Ja, daar logeren de vrouw en de dochter van mijn tuinman. Ze willen niet in het huis logeren. Ik weet niet of
ze met ons aan tafel willen.' Ze wrijft in haar handen.
'Leuk om nog eens voor een uitgebreid gezelschap te koken. Even denken. Natuurlijk bhat* en dhal* en een curry* van vis, eitjes en groenten. Ik heb ook nog wat chapati*. Lijkt je dat wat?'

'En of,' lacht Paulien.

'En als dessert...,' denkt Bangla Beppie hardop. 'Hou je
van zoete rijstpudding?'

'Kheer*?' vraagt Paulien. 'Daar ben ik dol op!'

Op het aanrecht staat een kommetje mukhwas* met een
mengeling van venkel-, koriander*- en andere zaadjes.
Dat gebruiken Asha en Fatema ook. Die kauwen altijd
op de zaadjes als ze gegeten hebben. Paulien houdt van
de heerlijk frisse smaak van de zaadjes. Ze neemt er een

paar uit het kommetje. 'Een goed idee,' zegt Bangla Beppie en volgt haar voorbeeld. 'En nu aan de slag!'

Het begint algauw heerlijk te ruiken in de keuken. Bangla Beppie schept het eten in schalen en Paulien dekt de tafel voor vier personen. Dan gaan ze samen naar het schuurtje.

'Ik heb eten gekookt voor ons allemaal,' zegt Bangla Beppie tegen de duisternis. 'Alleen Paulien en ik zitten aan tafel en Shing hoeft er niets van te weten. Na het eten kunnen jullie terug.' Ze voelt de twijfel in het schuurtje groeien en laat de deur uitnodigend openstaan.

Tegen de tijd dat Paulien en Bangla Beppie het huis hebben bereikt, schuifelen de twee gasten mee naar binnen.

In de keuken is het aangenaam fris.

'Oei,' zegt Paulien geschrokken als ze de tafel ziet. 'Ik ben het bestek vergeten!'

Bangla Beppie bekijkt haar hoofdschuddend. 'Bestek? Ben jij een kind van dit land?'

'Ja,' knikt Paulien vol overtuiging.

'Dan heb je geen bestek nodig,' zegt Bangla Beppie beslist.

Paulien gaat aan tafel zitten en kijkt hoe de anderen met vingers eten. Heel snel en handig. Het brood gebruiken ze om de sausrestjes op hun bord op te nemen. 'Eén regel moet je onthouden,' zegt Bangla Beppie. 'Je mag alleen je rechterhand gebruiken om te eten. Eten met je linkerhand is onbeleefd. Daar doe je andere dingen mee.' Paulien knikt begrijpend. De tijger in haar buik knort tevreden. Bangla Beppie staat op om het dessert te halen. In haar broekzak rinkelt opeens de telefoon. Shings vrouw en dochter verdwijnen meteen naar het schuurtje.

'Alweer Millie!' mompelt Bangla Beppie.

'Elisabeth, er is bij me ingebroken!' roept Emilia. 'De politie is hier... ik weet me geen raad!'

'Sapperlootjes, Millie!' schrikt Bangla Beppie. 'Durf nooit meer te zeggen dat ik jou in het avontuur stort!'

'Zie je nu wel dat ik gelijk had! Ze hielden me in het oog, ik wist het! Alles is overhoop gehaald. Waarom? Ik heb niets van waarde. Zo te zien is er niets verdwenen,' ratelt Emilia.

'Wanneer is het gebeurd?' wil Bangla Beppie weten.

'Toen ik bij jou wegging en thuiskwam, was alles nog in orde. Het moet in de vooravond gebeurd zijn, toen ik naar de conditietraining ging.'

'Conditietraining, Emilia? Jij?'

'Ik was niet van plan om het je te vertellen tot de lessen-

reeks afgelopen was,' mompelt Emilia. 'Jij hebt me daar-
toe aangezet, jij met je onstuitbare energie. Denk je dat
ik het leuk vind om altijd met mijn tong op mijn tenen
achter je aan te hollen? Toen je die gymschoenen kocht,
ben ik zelf ook in actie gekomen.'

Bangla Beppie lacht. In die gekke, mopperige Emilia zit
meer pit dan ze had gedacht.

'Ik dacht wel dat jij bijzonder was toen ik je vijf jaar geleden op dat wankele bruggetje bij het fort ontmoette!'
zegt Bangla Beppie.

'Eerlijk gezegd voel ik me op dit ogenblik net zo gammel
als toen,' antwoordt Emilia. 'Weet je dat ik gruw van elk
voorwerp in huis? Het idee dat een onbekende er met
zijn vieze vingers aangezeten heeft! Brrr. Ik durf zelfs
niet naar de wc te gaan. Ik weet niet of ik je dit mag vragen... Ach nee, laat maar.'

'Sapperlootjes, Millie, geen flauwekul!' zegt Bangla Beppie. 'Jij mag alles vragen.'

'Mag ik bij jou komen logeren?'

'Je bent niet de eerste vanavond,' lacht Bangla Beppie.
'Kom maar zodra je van de politie weg mag.' Ze zwijgt
over de gasten in het schuurtje. Anders begint Emilia al
bij voorbaat te jammeren over die onbetrouwbare Azia-
ten.

'Dank je, Elisabeth!' zegt Emilia. 'Je bent een rots in de branding! Tot straks!'

Met een glimlach stopt Bangla Beppie haar mobieltje in haar broekzak. 'Moet je horen, Paulien,' zegt ze. 'Er is een kleine verandering in het programma. Mijn vriendin Emilia komt ook logeren.'

'Zal ik dan maar op de bank slapen?' stelt Paulien voor.

'Emilia mag op de slaapbank.'

Paulien vindt alles best. Ze is zelfs bereid om buiten op de bank onder de mangoboom te slapen. Als ze maar hier mag blijven. In dit huis maak je tenminste wat mee!

15. Een huis vol gasten

Shings vrouw wil niet meer uit het schuurtje komen. Ze trekt een punt van haar hoofddoek over haar mond en blijft 'neen' schudden. Bangla Beppie denkt terug aan de woorden van Shing: 'Het kan gevaarlijk zijn.' Ze wou dat ze wat meer vragen had gesteld. Heeft Shing zijn familie beledigd? De eer van de familie ligt gevoelig in dit land, botsingen kunnen leiden tot verminkingen of zelfs moord. Wanneer Bangla Beppie voorzichtig een paar vragen stelt, deinst Shings vrouw verschrikt achteruit. 'Rustig maar, ik hoef het niet te weten,' sust Bangla Beppie. 'Hier ben je veilig. Ik haal Paulien en wij komen bij jullie zitten voor het dessert. Ik zal de meisjes een verhaal vertellen.'
Het dochtertje kijkt nieuwsgierig op.
'Ken je het sprookje van de bomen bij de Buriganga*?' vraagt Bangla Beppie. Het meisje schudt haar hoofd.
'Goed. Dan zal ik je dat straks vertellen.'
Bangla Beppie haast zich terug naar de keuken. 'Ik hoop dat je niet bang bent voor kevers, spinnen en kakkerlak-

ken,' zegt ze tegen Paulien. 'En voor onverwachte geluiden en geesten en zielen die geen rust vinden...'

'Nee hoor!' antwoordt Paulien.

'Dan brengen we de avond in het schuurtje door. Neem een paar kussens mee. Wat kunnen we nog doen om het gezellig te maken? Een olielampje zou geen slecht idee zijn...'

'Als je een dienblad hebt, tante Beppie, kunnen we meteen ook het dessert meenemen,' zegt Paulien, die haar ogen niet van de schaaltjes met kheer kan afhouden.

'Wat ben jij een praktisch meisje, Paulien!' lacht Bangla Beppie.

Even later lopen ze naar het schuurtje. Paulien voorop met de olielamp en haar armen vol kussens, gevolgd door Bangla Beppie met het dienblad met thee, kopjes en het dessert.

Zodra ze gezellig geïnstalleerd zijn en het olielampje een zachte gloed verspreidt, begint Bangla Beppie te vertellen.

'Heel lang geleden, toen Dhaka nog geen stad was, stond hier het paleis van een koning. Hij had vier vrouwen, maar ze maakten hem niet gelukkig. Ze waren onvriendelijk en lui en lieten zich de hele dag bedienen. Ze hadden op alles kritiek en de koning bleef zo ver mogelijk

van hen vandaan. Op een dag zat de koning bij de grote rivier Buriganga dromerig naar het water te staren, toen er een beeldschoon meisje langskwam. De koning voelde zijn hart opspringen, maar hij dacht aan zijn vier lastige echtgenotes en bleef zitten waar hij zat. Het meisje voelde dat hij haar met zijn ogen volgde en keek om. Eén ogenblik kruisten hun blikken elkaar.

Toen de koning 's nachts in bed lag, zag hij de ogen van het meisje voor zich en hij besloot de volgende dag naar dezelfde plek terug te keren. Het meisje verscheen. Deze keer glimlachte de koning naar haar en het meisje glimlachte terug. Hetzelfde ritueel herhaalde zich dag na dag en aan het einde van de derde week vroeg de koning of het meisje zijn vrouw wilde worden.

Er werd een groot feest gegeven en het meisje kreeg, net zoals de andere vrouwen van de koning, haar eigen vertrekken in het paleis. Hoe gelukkig was de koning toen bleek dat het meisje niet alleen mooi, maar ook lief en vriendelijk was. De koning bracht steeds meer tijd bij haar door en zijn andere vrouwen werden jaloers. Het werd alleen maar erger, toen bleek dat het meisje zwanger was. De vier vrouwen bedachten samen een plan. Ze werden plotseling bijzonder vriendelijk voor het meisje, en wonnen haar vertrouwen. Het meisje en de koning dachten dat hun vriendschap oprecht was. Toen het meisje moest bevallen, smeekten de vrouwen of zij haar mochten bijstaan. Daarom stuurde het meisje haar trouwe dienaars de kamer uit. Het meisje bracht vijf prachtige kinderen ter wereld: vier zonen en een dochter. De boze vrouwen namen de kinderen weg nog voor het meisje ze gezien had. Ze begroeven de kinderen in de modder aan de oevers van de Buriganga. Toen vingen ze vier salamanders en een hagedis en plaatsten die in een korf bij het bed. Zodra het meisje haar ogen opende en vroeg om haar kinderen te mogen zien, begonnen de vier vrouwen luid te kermen. 'Oh, wat een ramp!' krijsten ze. 'Dat durven we de koning niet te vertellen!' Ze toonden het meisje de korf met de salamanders en de hagedis en het meisje werd doodsbleek. 'Dat kan niet!' riep ze uit. Maar de vier vrouwen beweerden dat dit de kinderen waren die het meisje gebaard had. Het arme meisje huilde hartverscheurend. De koning werd op de hoogte gebracht en betrad met ogen vol ongeloof de kamer. Hij kreeg de mand te zien en deinsde met een kreet van afschuw achteruit. Ook deze vrouw was zijn liefde dus niet waard. Maar de koning was niet van plan met zich te laten sollen.

'Schaam je over de schande die je over mij brengt!' riep

hij woedend. 'Je bent het niet waard om hier te leven. Ga terug naar waar je thuishoort: de rivier! Blijf buiten de grenzen van mijn rijk, zodat ik je nooit meer hoef te zien!' De koning gaf de vier vrouwen bevel dat ze het meisje het paleis moesten uitzetten en zei dat alles wat aan haar herinnerde, moest verdwijnen. Aan dit gebod gaven de vrouwen maar al te graag gehoor. Het arme meisje werd diezelfde dag nog buiten de grenzen van het rijk gezet, en naar de oevers gebracht van dezelfde rivier waar haar kinderen begraven lagen.

Maar de grond in Bangladesh is vruchtbaar en vol leven. Het duurde dus niet lang of op de plek waar de kinderen begraven lagen, groeiden er vijf bomen. Vier granaatbomen en een mangoboom die elk jaar prachtige bloemen gaven. Van heinde en ver kwamen mensen kijken naar die wonderlijke bomen bij de Buriganga.

Ook de koning kwam daar op een dag. Hij dacht terug aan de tijd toen hij zijn lieve vrouw ontmoette en zijn hart vulde zich met tranen. De koning had nog weinig redenen om gelukkig te zijn. Zijn vier vrouwen berokkenden hem veel verdriet. Er was armoede in het land en de moesson, die vroeger vruchtbaarheid bracht, liet nu enkel een lint van zwarte, stinkende modder achter. De oogsten mislukten en er kwam hongersnood.

BAM! BAM! BAM! De vier vrouwen schrikken op.
Shings vrouw draait de olielamp uit. Het is opeens aar-
dedonker in het schuurtje.

'Wat een herrie,' fluistert Bangla Beppie. 'Zou dat mijn
vriendin zijn? Ze is vast echt overstuur. Zo luidruchtig is
ze nooit. Emilia?' roept ze.

'Ja, doe gauw open! Oh, Elisabeth, je hebt er geen idee
van wat ik allemaal doorstaan heb...'

'Kom gauw mee naar de keuken,' zegt Bangla Beppie.
'Heb je al gegeten?'

Emilia schudt haar hoofd en kijkt verlangend naar de
potten op het vuur. 'Kijk maar of je nog iets lekkers
vindt om op te warmen,' zegt Bangla Beppie. 'Heb je er
wat op tegen als ik je even alleen laat? Ik heb Paulien
en... Ik heb Paulien onverwachts te logeren en ik vertel
haar een verhaal in het schuurtje.'

'Wat?' gruwt Emilia. 'In dat krot? In het donker?'

'Bij een olielampje,' antwoordt Bangla Beppie monter.
'Kom je ook?'

'Nee, bedankt!' zegt Emilia. 'Op die vieze grond, tussen
het ongedierte? Hoe kom je daarbij? Ik zal me nuttig
maken in de keuken, want jullie hebben voor een boel
afwas gezorgd.'

In het schuurtje is het muisstil. 'Zijn jullie er nog?' fluistert Bangla Beppie. 'Ja!' antwoordt Paulien. 'Waar zit je?' vraagt Bangla Beppie. 'Hier!' Paulien strekt haar arm naar Bangla Beppie en trekt haar zachtjes naast zich op de kussens.

'Luister, Paulien,' zegt Bangla Beppie. 'Het lijkt me beter om Emilia voorlopig niets te vertellen over de gasten in het schuurtje. Zul je daaraan denken als je haar straks ziet?'

'Afgesproken,' zegt Paulien. 'Zal ik het lampje weer aansteken?' stelt Bangla Beppie voor. 'Voor mij hoeft het niet,' zegt Paulien. 'Ik vind het spannender in het donker.' Ook Shings vrouw en dochtertje geven de voorkeur aan het donker.

'Waar was ik gebleven?' vraagt Bangla Beppie. 'Bij de hongersnood in het land,' zegt het dochtertje van Shing meteen.

'Juist,' zegt Bangla Beppie. 'Er braken harde tijden aan voor de mensen in het koninkrijk. Alleen de bomen bij de Buriganga bleven groeien en bloeien. Maar de koning ging er nooit meer heen. Op een dag kwam een dienstmeisje het paleis binnengestormd. 'Machtige koning,' hijgde ze. 'De bomen bij de rivier...' 'Wat is ermee?' vroeg de koning. 'Vertel me niet dat ze omgehakt werden om als brandhout te dienen!' Het dienstmeisje schudde haar hoofd. 'Nee, edele koning,' zei ze. 'Integendeel, de bomen dragen prachtige vruchten, maar niemand kan ze plukken, want dan beginnen de bomen te kermen!'

De koning liep met haar mee. Vele graatmagere mensen stonden bij de bomen en keken verlangend naar de dikke, sappige vruchten. De koning strekte zijn arm uit naar de mangoboom, maar onmiddellijk klonk er een luid gehuil en gekerm. 'Au, au, wie doet me al die jaren pijn! Dat moeten de vier koningsvrouwen zijn!' De koning trok geschrokken zijn hand terug en vroeg zich af op welke manier zijn vier vrouwen deze prachtige boom konden kwetsen. Hij strekte zijn hand naar de granaatappels, en zij spraken kermend dezelfde woorden. De koning stuurde een dienaar om zijn vier vrouwen te halen. Mopperend en zeurend kwamen ze aangesjokt. De koning beval een van hen om een vrucht te plukken, maar zodra de vrouw haar hand uitstrekte, schreeuwden de bomen in koor: 'We laten ons niet plukken door jou. Wij willen de vijfde koningsvrouw!'

Het was alsof de koning een dolk in zijn hart kreeg. De vijfde koningsvrouw had hem schande aangedaan. De koning dacht dat de bomen zich vergisten. Hij liet de

drie andere vrouwen om de beurt naar de vruchten reiken. Maar telkens opnieuw klonk het: 'We laten ons niet plukken door jou. Wij willen de vijfde koningsvrouw!' Ook de omstanders begonnen om de vijfde koningsvrouw te roepen. De koning dacht na. De vijfde koningsvrouw was de enige die hem gelukkig had gemaakt en elke dag werd de koning op de een of andere manier aan haar herinnerd, maar steeds verdrong hij haar uit zijn gedachten. Nu ook deze bomen naar haar vroegen, wilde de koning haar terugvinden. Als ze nog leefde...
De koning stuurde boodschappers naar alle buurlanden in de hoop nieuws over zijn vijfde vrouw te krijgen. Een na een keerden de boodschappers terug, zonder nieuws. Maar de vijfde dag verscheen een boodschapper met een magere, in lompen gehulde vrouw. Zij hield haar ogen op de grond gericht.
'Vrouw, kijk mij aan!' beval de koning. Toen de vrouw haar ogen opsloeg, herkende de koning zijn vijfde vrouw. Hij nam haar mee naar de bomen bij de Buriganga. En zie, de granaatappels en de mangoboom bogen hun takken naar de grond en zeiden: 'Alleen voor jou willen wij ons bukken. Alleen onze moeder mag ons plukken!'
De armoedige vrouw plukte de sappige vruchten en

deelde ze uit aan de hongerige omstanders. Toen alle vruchten geplukt waren, veranderden de granaatappelbomen in vier knappe jongens en de mangoboom in een beeldschoon meisje.

De vijf kinderen gingen rond de koning staan en zeiden: 'Vader, wij zijn uw kinderen. Wij werden door uw echtgenotes bij de Buriganga begraven.' De koning was ontzet toen hij dit hoorde, maar hij wist dat de vrouwen harteloos en wreed waren. Hij omhelsde zijn kinderen en viel op zijn knieën voor zijn vijfde vrouw. 'Vergeef me, liefste,' zei hij. 'Voor de sluier van wantrouwen die me zo verblind heeft!'

De koning voerde zijn gezin mee naar het paleis en liet de vier vrouwen in de rivier werken tot ze erbij neervielen en verdronken. En toen keerde het tij. De moesson zorgde opnieuw voor vruchtbare akkers en de oogsten waren overvloedig. En in het paleis leefde de koning met zijn vrouw en kinderen nog vele jaren in geluk en voorspoed.'

'Dat was mooi,' zucht Paulien. Mijn vader heeft mij ook weggestuurd, denkt ze, hij zag ook niet dat de anderen gemeen waren.

'En nu naar bed!' beslist Bangla Beppie. 'Komen jullie echt niet mee naar binnen?'

Shings vrouw blijft bij haar standpunt.

'Zoals je wilt,' zegt Bangla Beppie. 'Maar als er problemen zijn, moet je me roepen.'

Shings vrouw bedankt Bangla Beppie met een eindeloze reeks hoofdbuigingen en het dochtertje grijpt haar hand en drukt er een zoen op. Dit spontane gebaar ontroert Bangla Beppie. Ze slikt en opent de gammele deur. Paulien loopt achter haar de tuin in, maar blijft verrast staan. Nog nooit heeft ze de nacht met zijn geheimzinnige geluiden zo intens aangevoeld. Vol vertrouwen strekt ze haar handen uit, de nacht zit als een deken om haar heen.

16. Herrie op de ambassade

'Een zeer geslaagde receptie, Anja,' zegt de ambassadeur tevreden. 'Al had onze dochter bijna roet in het eten gegooid. Gelukkig konden de acrobaten Pauliens gedrag doen vergeten. Ik heb een paar boeiende gesprekken gevoerd, daar zullen ongetwijfeld winstgevende projecten uit voortvloeien.'

Anja ruilt haar elegante schoentjes voor eenvoudige pumps en gaat net zoals de ambassadeur in een leunstoel zitten.

'Ik ben doodop,' zegt ze. 'Al die namen en functies onthouden, weten waar iedereen mee bezig is en op het juiste moment de juiste opmerking maken. Intussen in de gaten houden of alles vlot verloopt en eventueel bijsturen. Het vergt heel wat concentratie.'

'Je bent een uitstekende ambassadeursvrouw,' looft de ambassadeur.

Anja knikt. 'De hapjes waren een succes. Het was een combinatie van lokale gerechten en Europese specialiteiten. Voor de lokale gerechten koos ik iets typisch Bengaals, maar niet te gekruid. Anders komt de stoom uit je oren en krijg je tranen in je ogen.' De ambassadeur wrijft vermoeid over zijn hoofd. Ik moet iets zuiniger leren zijn met complimentjes, bedenkt hij. 'Voor de Europese gerechten,' gaat Anja verder, 'heb ik me laten inspireren door mijn geboortestreek, zodat ook onze vaste gasten verrast waren...'

'Jammer toch dat wij onze dochter niet in toom kunnen houden,' zegt de ambassadeur. 'Dat barbaarse gevecht op de kinderreceptie, schokkend gewoon. Is ze al naar bed?'

'Wie? Paulien?' vraagt Anja. 'Geen idee.'

Luid geschreeuw en lawaai doen hen opkijken. In twee stappen staat de ambassadeur bij het raam. Gelukkig, Paulien is nergens te bekennen. Een tengere man in een keurig pak probeert zich toegang tot de ambassade te verschaffen. De wachters voor de geopende ambassadepoort houden hem tegen. Kort daarop gaat de telefoon. 'Wat?' zegt de ambassadeur. 'Ik kom meteen! Laat niemand binnen! Alarmfase Rood! Waarom staat die poort open?'

Hij stormt naar beneden. Asha en Fatema ruimen de laatste resten van de receptie op. Hij stuurt de meisjes naar de keuken en verbiedt hen die te verlaten zonder zijn toestemming.

Voor de ambassade is er al een kleine volkstoeloop. Zodra er iets aan de hand is, lijkt het alsof de mensen uit hoeken en kieren tevoorschijn komen. Onbegrijpelijk hoe ze zo vlug op de hoogte kunnen zijn op om het even welk uur van de dag of nacht.

De indringer vecht alsof zijn leven ervan afhangt. De wachters kunnen hem amper de baas. 'Help mij!' schreeuwt de man, zodra hij de ambassadeur ziet. 'Ze willen mij vermoorden!'

In de ogen van de wanhopige man leest de ambassadeur oprechte paniek. Ambassades zijn er om mensen te helpen, al gaat het doorgaans om landgenoten in nood en deze man is een Aziaat. Maar meteen herinnert de ambassadeur zich de instructies van Bill. Niemand mag zich door gevoelens laten leiden, terroristen misbruiken menslievendheid.

'Wie ben jij?' vraagt de ambassadeur bars.

'Ik heet Shing Wei en ik ben Chinees,' schreeuwt de man. 'Ik verzorg tuinen van westerlingen in de stad en ik heb informatie voor u. Alsjeblieft, geef me bescherming. Mijn leven is in gevaar!'

Dit is precies de situatie waarvoor Bill gewaarschuwd heeft. Een persoon doet zich voor als informant, maar

zodra hij in de ambassade is, blaast hij de boel op.
'Geen sprake van!' zegt de ambassadeur tegen Shing. 'In die val trap ik niet!' Met een handgebaar geeft hij de toeschouwers te kennen dat ze ruimte moeten maken, maar die willen niets missen.
'Gooi die man aan de deur en sluit het hek,' roept de ambassadeur.
'Help! Alsjeblieft!' schreeuwt Shing. 'Ze willen me vermoorden!'
De ambassadeur schudt resoluut zijn hoofd. PANG! PANG! In paniek stuiven de toeschouwers uit elkaar. De poorten van de ambassade sluiten zich hermetisch. De onmiddellijke omgeving van de ambassade is opeens verlaten. Er ligt een plas bloed voor de poort. Plotseling krijgt de ambassadeur een naar voorgevoel.
'Wat is er, Hans?' vraagt Anja, wanneer ze de blik in zijn ogen ziet. Zonder een woord te zeggen, haast de ambassadeur zich naar de kamer van zijn dochter. Ontzet staart hij naar het openstaande raam. Te oordelen naar de hoeveelheid insecten in de kamer, staat het raam al een hele tijd open. 'Asha!' roept de ambassadeur. 'Asha!' Het dienstmeisje komt geschrokken uit de keuken gerend.
'Waar is Paulien?' blaft de ambassadeur.

'Weet ik niet, meneer,' stamelt Asha.

'Waarom betaal ik personeel als dat zijn taak niet degelijk uitvoert?' roept de ambassadeur. Het meisje buigt een aantal keren als verontschuldiging. 'Ik was in de keuken, meneer. Er waren geen instructies voor de jongedame, meneer, alleen voor de receptie en de maaltijden voor u en mevrouw.'

De ambassadeur schraapt zijn keel en schudt zijn hoofd. 'Doe het raam dicht, spuit de insecten dood en ruim ze op,' zegt hij koel. 'Anja, heb jij enig idee met wie Paulien bevriend is?'

'Waarom, Hans? Wat is er gebeurd?'

'Met wie is Paulien bevriend?' herhaalt de ambassadeur ongeduldig.

'Ik denk aan dat meisje van de Nederlandse ambassade,' stamelt Anja. 'Hoe heet ze ook alweer? Margriet, Marleen, Margot! Ja, dat is het! Margot.'

'Bel Margot,' zegt de ambassadeur kort. 'Vraag of ze weet waar Paulien is.'

Anja doet wat haar gevraagd wordt, maar Margot heeft geen idee waar haar vriendin is. De ambassadeur wordt bleek.

'Dat ze zo ver gaan,' zegt hij langzaam, 'Bill heeft ons gewaarschuwd. Maar ik heb geen seconde aan Paulien gedacht. Geen seconde!'

'Hans! Wat is er aan de hand?' klaagt Anja.

'Paulien is ontvoerd,' zegt de ambassadeur kort.

'Nee toch? Dat kind slaagt er altijd in om ons in een negatief daglicht te stellen! Wat zullen onze relaties daarvan zeggen?' jammert Anja. 'Wat moeten we nu doen?'

De ambassadeur strijkt met beide handen door zijn haar. 'Ik bel Bill en de veiligheidsdienst.'

Hij grijpt zijn telefoon. Paulien uit haar kamer gehaald, terwijl de ambassade bewaakt werd. Hoe hebben ze dat voor elkaar gekregen, vraagt hij zich af.

17. Actie!

De ambassadeur ijsbeert door zijn kantoor. De speciale brigade is onderweg. Bill bood spontaan zijn hulp aan. Zijn koelbloedigheid en rationele geest zijn van groot belang in deze tragische en verrassende omstandigheden.

De ambassadeur slaat met zijn vuist op het kraakhelderc bureaublad. 'Mijn dochter gegijzeld... Waar halen ze het lef vandaan?'

In de woonkamer tuurt Anja door de verrekijker in de nacht.

'Stop dat ding weg,' zegt de ambassadeur. 'Je denkt toch niet dat je Paulien zo zult vinden? De terroristen houden haar ongetwijfeld in een donkere ruimte verborgen.'

'Ooh, Hans! Wat een chaos!' schrikt Anja.

De ambassadeur rukt de verrekijker hardhandig uit haar handen. 'Weg van dat raam, we hebben al genoeg problemen. Ik wil niet dat jij het volgende doelwit wordt.'

'Wat moet ik dan doen?' vraagt Anja.

'Niets,' antwoordt de ambassadeur. 'We kunnen niets doen. Alleen afwachten. En hopen dat ze contact opnemen.'

De ambassadeur luistert naar het getik van de antieke wandklok. Ach, de tijd... Hij herinnert zich hoe Paulien als peuter al zijn dossiers door elkaar gooide. Ze kreeg een pittige straf, maar ze bleef glimlachen. Van wie heeft ze dat toch, vraagt hij zich af. Paulien verdween als kleuter ook al geregeld. Hoe vaak hebben ze niet met man en macht de buurt uitgekamd? Hoe vaak hebben Anja en hij niet gevreesd dat ze haar voorgoed kwijt waren? Ze was de laatste tijd gelukkig wat verstandiger geworden, die vriendschap met dat Nederlandse meisje was een goede zaak. Stormde ze nu maar de kamer binnen, in haar oude kleren en met haar wilde krullen, denkt de ambassadeur. Dat kleine brutale nest, hij zou haar met plezier een standje geven!

'Ik vraag me af wie dat schot gelost heeft en voor wie het bestemd was,' zegt hij. 'Als die Chinees het doelwit was, kan ik in de problemen raken.'

'Jij in de problemen?' vraagt Anja. 'Waarom?'

'Wegens het niet verlenen van hulp aan een persoon in nood,' antwoordt de ambassadeur. 'Als het bloed op de grond van die man afkomstig is, sprak hij de waarheid en dan werd hij inderdaad met de dood bedreigd. Neen,' zegt hij beslist, 'ik ben ervan overtuigd dat die Chinese man naar binnen wou om iemand te gijzelen of om de aandacht af te leiden van de ontvoering die aan de gang was...'

'Waarom laat Paulien zich ook ontvoeren?' onderbreekt Anja hem. 'Anders bijt ze altijd van zich af.'

'Je weet niet met hoeveel ze waren,' zegt de ambassadeur. 'Ik hoop alleen dat Paulien niet te brutaal is... Haar ontvoerders zouden wel eens minder geduld kunnen hebben dan wij...'

De leden van de speciale brigade zijn intussen aangekomen. Ze halen officiële papieren tevoorschijn en beginnen vragen af te vuren. De ambassadeur geeft een nauwkeurig verslag van de gebeurtenissen op de ambassade tijdens en na de receptie, maar krabt in zijn haar wanneer de veiligheidsdienst naar details over de activiteiten van Paulien vraagt. Hij weet precies om hoe laat hij haar het laatst gezien heeft, dat wel. Anja geeft een nauwkeurige beschrijving van de kleren die Paulien droeg. De veiligheidsagenten noteren alle gegevens en stellen een dossier samen.

Even later verschijnt de Amerikaanse ambassadeur. Bill omarmt Anja en klopt Hans vol medeleven op de schouder. Meteen komt hij terzake. 'Punt één,' zegt hij. 'Hebben jullie iets verdachts opgemerkt de laatste tijd? Bij Paulien, bij personeel of bij mensen in de buurt? Zijn er onbekende personen gesignaleerd?'

De ambassadeur schudt zijn hoofd. 'Na de aanslag in de buurt van de Britse ambassade heb ik het personeel laten doorlichten. Er werden geen onregelmatigheden vastgesteld.'

'Goed,' zegt Bill. 'Ik heb precies hetzelfde gedaan.'

'Misschien heb ik iets,' bedenkt Anja opeens. 'Een paar dagen geleden zat er aan de overkant een jongen bij het raam, die boodschappen naar Paulien seinde.'

'Wat?' De ambassadeur kijkt haar boos aan. 'Waarom heb je me daar niets over verteld?'

'Toen leek het niet belangrijk,' verdedigt Anja zich. 'Het was een van de bizarre spelletjes van Paulien, waar ik verder geen aandacht aan besteed heb.'

Een lid van de speciale brigade komt binnen met de feestkledij van Paulien. 'Dit hebben we onder het bed van uw dochter gevonden,' vertelt hij. 'Met geweld uitgetrokken, de knoopsgaten zijn gescheurd. Ze hebben haar waarschijnlijk minder opvallende spullen laten aantrekken.'

'Wat erop wijst dat de ontvoering grondig voorbereid

werd,' knikt Bill. 'Hij richt zich opnieuw tot Anja. 'Kennen jullie de mensen aan de overkant?'

'Nee,' antwoordt Anja. 'Er komen voortdurend nieuwe mensen wonen, het is niet bij te houden. Ik weet alleen dat ze bijzonder chaotisch en onhygiënisch zijn.'

'Zeer interessant,' zegt Bill. 'Een belangrijk spoor.'

Een agent van de veiligheidsdienst neemt ijverig noties.

'Je had het over een bericht doorseinen,' zegt Bill tegen Anja. 'Hoe ging dat?'

Anja denkt terug aan de middag toen ze Paulien bij het raam betrapte. Als ze geweten had dat dit ooit belangrijk zou zijn, had ze aandachtiger gekeken. 'Paulien en een jongen van de overkant hielden om de beurt een papier tegen het raam.'

'Heb je gelezen wat erop stond?' vraagt Bill.

'Nee,' geeft Anja met tegenzin toe. 'Ik had andere zaken aan mijn hoofd. Ik was bezig met de voorbereidingen van de receptie. Ik herinner me alleen dat Paulien een blad vasthield waarop in grote letters haar naam stond.'

'Maar Anja toch!' roept de ambassadeur uit. 'Dat was een belangrijke zet van de terroristen. Zodra ze Pauliens naam hebben, kunnen ze doen alsof ze haar kennen! Om het even wie kan naar haar vragen zonder verdacht over te komen.'

'Ik heb Paulien meteen van het raam weggehaald,' zegt Anja. 'Volgens mij hebben ze niet de tijd gehad om iets te noteren.'

Bill schraapt zijn keel. 'Ik denk dat we het scenario nu wel kennen,' zegt hij. 'Paulien is in een val gelopen. Ze is altijd al... hoe zullen we het noemen... een eigenzinnig kind geweest. Ze kent geen rangen of standen. Neem me niet kwalijk, Hans. Het heeft nu geen zin om de dingen te verbloemen.'

De ambassadeur steekt vergevingsgezind zijn hand op. Bill trekt zijn das recht en kucht. 'Op basis van deze gegevens kunnen we overgaan tot een huiszoeking en aanhouding.'

Opeens hangt er een sfeer van gespannen bedrijvigheid. Bill telefoneert, geeft de speciale brigade instructies en verdwijnt. En dan gaat het snel. Vanop de eerste verdieping zien de ambassadeur en zijn vrouw hoe de brigade het huis aan de overkant binnenstormt en de tegenspartelende bewoners geboeid naar buiten voert. Mannen, vrouwen, kinderen, een hele verzameling... maar Paulien is er niet bij. Even later is Bill terug.

'Het huis wordt systematisch onderzocht op geheime bergplaatsen en dubbele muren. Intussen worden de bewoners verhoord,' zegt hij. 'Ik laat je weten wanneer er nieuws is.'

'Bedankt voor je hulp,' zegt de ambassadeur.

'Graag gedaan, Hans!' zegt Bill. Met een stevige hand-druk neemt hij afscheid.

Langzaam loopt de ambassadeur terug naar de woon-kamer.

'Ik wist wel dat daar iets scheelde, aan de overkant,' zegt Anja voldaan. 'Van in het begin heb ik je gezegd dat het er niet pluis was.'

'Daarmee hebben we Paulien nog niet terug,' snauwt de ambassadeur en hij loopt met lange passen de kamer uit.

18. Onverwacht bezoek

Bangla Beppie springt met een grote glimlach uit bed. Ze vindt het leuk dat ze een huis vol logees heeft, maar dat is geen reden om het ochtendritueel op het terras over te slaan. De buren hebben ook nu recht op een begroeting.

'Blij jullie te zien!' roept Bangla Beppie naar links. 'Joehoe!' zwaait ze voor zich uit. 'Een heel prettige dag!' schreeuwt ze naar rechts.

'Alles goed met je, Elisabeth?' vraagt Emilia bezorgd. Nu pas ziet Bangla Beppie haar vriendin beneden in de tuin staan.

'Prima de luxe,' zegt Bangla Beppie, terwijl ze zich languit rekt en haar rechterbeen tegen de terrasleuning zet om te stretchen.

'Tegen wie praat je?' vraagt Emilia. 'Ik zie helemaal niemand.'

'Ik ook niet,' lacht Bangla Beppie. 'Moet dat dan?'

Voor de verbouwereerde ogen van Emilia werkt Bangla Beppie rustig haar oefeningen af. 'Een, twee en drie,' puft ze. 'Een, twee en drie.' Algauw parelt het zweet op haar voorhoofd. Ze luistert naar de verkeersgeluiden in de verte. Een rinkelende riksjabel vlakbij doet haar glimlachen. Ach, wat houdt ze van dit land met zijn vrolijke chaos en bedrijvigheid. Zelfs de kakkerlakken in de badkamer kunnen haar niet deren. Zingend spuit Bangla Beppie hen de eeuwigheid in.

'Millie, ik kom eraan,' gilt ze wanneer ze een frisse douche heeft genomen. Met natte haren roetsjt ze de trapleuning af.

'Elisabeth!' krijst Emilia verontwaardigd. 'Kom jij altijd zo naar beneden?'

'Altijd!' antwoordt Bangla Beppie opgewekt.

'Moet je ook doen, tante Millie,' zegt Paulien stralend. 'Het is echt cool!'

'Dat... dat zijn geen goede manieren,' stamelt Emilia.

'Neen, weet ik,' zegt Bangla Beppie. 'Daarom is het net zo leuk!'

'Maar Elisabeth, dat is toch geen voorbeeld voor de jonge generatie!' protesteert Emilia.

'Weet je wat?' zegt Bangla Beppie, terwijl ze een paar dadels in haar mond stopt. 'Vanochtend houden we als welkom voor jullie een ochtendbal in de tuin. Met een paar gezellig ouderwetse dansen, zoals een walsje bijvoorbeeld. Ik heb zin in een feestje.'

Emilia houdt afwerend haar handen op. 'Dit is geen klimaat om te dansen,' zegt ze. 'Ik ga lezen onder de mangoboom.'

'Slecht excuus, Millie,' plaagt Bangla Beppie. 'Dansen in de tuin is de beste conditietraining die je je kunt voorstellen.'

'Jammer dat ik je daarover in een moment van zwakheid verteld hebt,' bromt Emilia. 'Dansen op een doordeweekse ochtend kan niet. Wat moeten de buren denken?'

'Welke buren?' lacht Bangla Beppie met een knipoog naar Paulien.

Emilia ruimt mompelend de tafel af en Paulien buitelt door de kamer.

'Goed,' zegt Bangla Beppie, 'eerst wil ik even oefenen met Millie.' Ze pakt de tegenspartelende Emilia bij de arm en trekt haar naar buiten. Paulien zet de muziek aan en op de vrolijke tonen van een wals struikelen de twee vriendinnen door het platgetrapte gras. Bangla Beppie leidt en Emilia kan nauwelijks volgen. Even later valt Emilia en ze sleurt Bangla Beppie met zich mee. Emilia krabbelt meteen overeind, maar Bangla Beppie blijft rustig liggen en zingt met de muziek mee. Pas als de wals

afgelopen is, staat ze op. Emilia is intussen op haar favoriete plekje gaan zitten en kijkt haar vriendin afkeurend aan.

Paulien heeft buikpijn van het lachen.

'Mag ik, mevrouw?' zegt Bangla Beppie en ze buigt voor
Emilia. 'Een tango!'

'Nee, ik doe niet meer mee met dat dwaze gehuppel,'
zegt Emilia beslist.

'Alsjeblieft, tante Millie,' smeekt Paulien. 'Jullie zijn geweldig.'

'Het is te warm om te dansen,' sputtert Emilia tegen. 'En
Elisabeth is veel te wild!'

'Ik? Wild?' zegt Bangla Beppie verontwaardigd. 'Elegant,
zul je bedoelen! Wie viel? Wie trok mij omver?'

Ze gaat naast Emilia op de bank zitten en klopt haar op
de schouder. 'We zullen eerst het ritme oefenen, Millie.
De tango heeft een heel eenvoudig ritme: param - param - parampampam. Als je dat onthoudt, kan het niet
fout gaan. En Paulien doet ook mee!'

Paulien knikt enthousiast. Emilia laat zich overhalen en
stapt met Bangla Beppie op het gras.

'Param - param - parampampam,' telt Emilia ernstig.

'En nu een beetje passie!' moedigt Bangla Beppie haar
aan. 'Je hoofd gedecideerd naar links en naar rechts

draaien. Laat ze maar zien wie je bent.'

Paulien kijkt het even aan en volgt dan resoluut tante Beppies voorbeeld. 'Uitstekend, Paulien!' zegt Bangla Beppie. 'Komaan, Millie, doe zoals wij! Vergeet de omgeving, luister naar de muziek en denk aan toen je jong was en je minnaar je ten dans vroeg. Geef het beste van jezelf!' roept Bangla Beppie.

Daar begint de muziek weer en eindelijk laat Emilia zich gaan. Met gesloten ogen gaat ze helemaal in de dans op tot de laatste tonen uitsterven. Dan ploft ze voldaan op de tuinbank neer. Paulien en Bangla Beppie klappen enthousiast in hun handen. 'Hoera!' roept Bangla Beppie. 'Prima, Millie! Dat was een tango dansen!'

'Elisabeth,' zegt Emilia opeens, terwijl ze naar het schuurtje staart. 'Daar beweegt iets!'

'Sapperlootjes!' schrikt Bangla Beppie. 'Ik vergeet mijn andere gasten!'

'Gasten? Oh, nee,' zucht Emilia wanhopig. 'Jij bent echt niet te vertrouwen! Wie weet wie ons allemaal gezien heeft!' Ze staat met een ruk van de bank op en vlucht naar de badkamer.

Bangla Beppie maakt in de keuken snel een ontbijt voor Shings vrouw en dochter. Wanneer ze het water voor de thee uitschenkt, gaat de bel. Op het scherm ziet ze

Shing, even schichtig als altijd. Bangla Beppie drukt op de knop en de poort draait langzaam open.

'Hallo, Shing! Alles is...' begint Bangla Beppie, maar dan stopt ze.

Wat ziet Shing er onverzorgd uit! Zijn haar piekt naar alle kanten en de mouw van zijn hemd is gescheurd. En wat zijn die donkere vlekken?

'Shing, ben je gewond?' vraagt Bangla Beppie geschrokken. Net voor de poort helemaal dicht is, glipt een andere figuur de tuin in.

'Abdur!' roept Bangla Beppie verrast.

Maar Abdur heeft geen oog voor haar. Hij rent achter Shing aan en grijpt hem bij de arm. Shing slaakt een kreet van pijn en trapt Abdur tegen zijn schenen. Abdur barst in een stroom van verwensingen uit. Even later liggen beide mannen worstelend op de grond. Shings vrouw en kind kijken angstig toe. Bangla Beppie stapt kordaat naar het gereedschapsschuurtje en haalt er een bezem uit. Ze wringt de bezem tussen de mannen in en geeft hun een flinke poetsbeurt. Ze krijgen stof in hun ogen en houden beschermend hun handen voor hun gezicht.

'Zo,' zegt Bangla Beppie. 'En nu ieder aan een kant van het gras. Ik heb recht op een verklaring. In mijn huis is iedereen welkom. Ruzies moet je maar ergens anders uitvechten.' Ze richt zich tot Abdur. 'Hoe haal je het in je hoofd om mijn gasten af te tuigen?'

Abdur klopt het stof van zijn hemd en wijst met een trillende vinger naar Shing. 'Hij!' schreeuwt Abdur. 'Hij jou in gevaar brengen. Hij weg moeten, taratari*! Abdur waakt!'

Shing doet twee stappen in de richting van Abdur, maar Bangla Beppie houdt hen met de bezem uit elkaar. 'Rustig maar!' zegt ze tegen Shing. 'Straks is het jouw beurt.'

Abdur lacht. 'Ha! Gelukkig, jij mij geloven, Beppie Ma,' zegt hij.

Shing spuugt op de grond en sist: 'Leugenaar!'

Net als Abdur aan zijn verhaal wil beginnen, krijgt hij Emilia in het oog. 'Alsjeblieft, Beppie Ma!' roept Abdur. 'Poort vlug opendoen! Ik graag weg willen!'

'Wat krijg je nu, Abdur?' lacht Bangla Beppie. 'Dat is mijn vriendin Emilia. Je gaat me toch niet vertellen dat je bang voor haar bent?'

'Zij slechte geest,' jammert Abdur. 'Zij hoofd vol ongeluk!' Abdur grabbelt naar zijn tas, rent naar de poort en bonkt erop. 'Ik niet hier blijven,' roept hij. 'Laat gaan, Beppie Ma! Taratari!'

'Ik begrijp er niets van,' zegt Bangla Beppie, maar ze

drukt op de knop.

Voor Abdur vertrekt, draait hij zich om naar Shing en schreeuwt: 'Jij ook weg van Beppie Ma. Taratari! Ik Beppie Ma niet dood willen!'

'Hé,' zegt Bangla Beppie, terwijl ze Shing bij zijn gezonde arm grijpt. 'Wat is hier aan de hand?'

'Ik ben onschuldig!' roept Shing. 'Ik ben slachtoffer. Ik wist niet dat het terroristen waren. Ze vroegen me gewoon om een hoed af te geven. Ik wist niet dat er een boodschap in de papaver zat. Ik heb de rode hoed doorgegeven. Maar het ging fout. Verkeerde persoon. De terroristen zijn woedend. Mijn leven is in gevaar en de ambassade wil niet helpen. Ik moet weg, weg!' Hij rent de poort uit, gevolgd door zijn vrouw en kind.

'De papaver,' herhaalt Bangla Beppie nadenkend. 'Wat bedoelt hij daar in hemelsnaam mee?'

Emilia komt mopperend uit de keuken en steekt een beschuldigende vinger uit naar Bangla Beppie. 'Zie je wel dat je voorzichtig moet zijn met die mensen.'

Bangla Beppie draait zich met een ruk naar Emilia. 'Waar is je rode hoedje?' vraagt ze.

'Ik... vond het niet meer,' stamelt Emilia. 'Ik wilde het opzetten, maar door die inbraak ligt alles overhoop. Ach, ach, wat een ramp!'

'Sapperlootjes,' mompelt Bangla Beppie. 'Zou dat kunnen? Dan had Millie toch gelijk. De aanrijding, de diefstal... en misschien zelfs de aanslag op de ambassade! Een rode papaver...'

'Tante Beppie,' zegt Paulien bedremmeld. 'Zou ik mogen telefoneren? Ze weten thuis niet waar ik ben...'

'Kind toch!' schrikt Bangla Beppie. 'Waar woon je?'

'Op de ambassade,' zegt Paulien.

'Sapperlootjes! Een ambassadekind?' roept Bangla Beppie verbaasd. 'En wat is je familienaam?'

'Vandenberg.'

'Vandenberg...' herhaalt Bangla Beppie, terwijl ze Paulien aankijkt. 'Nee toch, heet je vader... Hans?'

Paulien knikt verwonderd.

'Wat een ochtend!' mompelt Bangla Beppie. 'Bel meteen je vader. Die jongen is zo gauw ongerust.'

19. Verrassingen

Paulien zit beduusd op de bank onder de mangoboom. Papa deed zo vreemd aan de telefoon en mama vroeg de hele tijd of alles goed met haar was. Ze klonken helemaal niet boos. Het leek wel alsof ze haar echt wilden zien. Ze sturen niet eens een chauffeur om haar op te halen, ze komen zelf. Bangla Beppie heeft de poort alvast opengezet. Er stopt een auto in de straat. De portieren worden haastig dichtgeslagen en daar staan ze: een vrouw in een onberispelijk mantelpakje en een man in een verkreukeld pak.

Anja hapt even naar adem als ze de vrouw in de gebloemde tuniek met rode broek en knalgele sportschoenen ziet. Wat een gevaarlijk slechte smaak heeft dat mens! 'Waar is Paulien?' vraagt ze scherp.

Bangla Beppie wijst naar de bank en Anja loopt voorzichtig door het platgetrapte gras. 'Paulien!' zegt ze en ze geeft haar dochter een zoen. 'Ik ben zo blij dat ik je zie!'

'Echt waar?' vraagt Paulien oprecht verbaasd.

'Kind, toch!' zegt Anja. 'We hadden zo'n angst.'

'Sorry,' zegt Paulien, die zich opeens schuldig voelt.

De ambassadeur staat nog steeds bij de poort. Zijn blik gaat van Paulien naar Bangla Beppie en weer terug. Zijn mond gaat open en dicht. Hij wrijft vermoeid door zijn verwarde haar.

'Dag jongen,' zegt Bangla Beppie. 'Wat fijn om je te zien. Ik wist niet dat je weer in Bangladesh woonde. Ik wilde je liever niet spreken over de telefoon. Ik was bang dat je dan niet zou komen. En ik wou je echt graag terugzien.'

De ambassadeur slikt. Hij loopt langzaam naar Bangla Beppie toe. Zijn moeder ziet er even gek uit als altijd. Hij heeft zich zo vaak voor haar geschaamd. Opeens begrijpt hij niet meer waarom. Ik heb dat rare mens warempel gemist, denkt hij. Hij loopt naar haar toe en tilt haar op.

Anja kijkt verbaasd toe. Wat is hier aan de hand? Wat moet haar Hans met die bonte bloemenruiker? Straks krijgt hij nog last van zijn rug. Ze vindt het helemaal niet prettig dat hij er zo chaotisch uitziet. Hij had een ander pak moeten aantrekken, denkt ze.

Bangla Beppie staat intussen weer met beide voeten op de grond.

'Moeder, mag ik je voorstellen aan mijn vrouw,' zegt de ambassadeur.

Anja slaakt een gil. 'Wat! Hans? Jouw ouders zijn dood!'
Bangla Beppie bestudeert de perfect geklede vrouw. 'Ik
ben niet meer zo jong, maar nog springlevend,' plaagt
ze. 'Aangename kennismaking. Ik denk dat je de perfec-
te vrouw bent voor mijn zoon. Jij zult hem vast nooit in
verlegenheid brengen.'

'Is dat echt waar?' juicht Paulien. 'Tante Beppie, ben jij
mijn oma?' Bangla Beppie knikt en verliest bijna haar
evenwicht wanneer Paulien in haar armen springt.

'Paulien!' zegt Anja berispend. 'Wees een beetje voorzichtig met die... dame.'

'Jij bent een godsgeschenk!' zegt Bangla Beppie, terwijl
ze door de wilde krullen van Paulien woelt. 'Bedankt,
Ganesh!'

'Hoera!' juicht Paulien. Ze duikelt over het gras. 'Ik heb
een oma! En wat voor een!'

'Hou je een beetje in,' moppert de ambassadeur die bijna weer zijn eigen nette ik is.

'Luister naar je vader, Paulien,' zegt Bangla Beppie. 'Ver-
zwik je pols niet met die buitelingen. Dan krijg je problemen met het cricketen!'

'Cricketen?' vraagt de ambassadeur gealarmeerd. 'Paulien, je bent toch geen lid geworden van die club?'

'Sapperlootjes,' mompelt Bangla Beppie. 'Ik doe zo mijn

best, en nu verknoei ik het nog bijna.'

Paulien kijkt zo onschuldig mogelijk. 'Nee, papa,' zegt ze. 'Iets verderop is er een terrein waar we af en toe oefenen.'

'Wat?' roept de ambassadeur. 'Wie zijn we? Wat is hier allemaal aan de hand?' Het lijkt wel alsof Paulien een soort dubbelleven leidt. Net als mijn moeder vroeger, denkt hij.

De tijger van Paulien verbergt zijn kop onder zijn poten. 'Margot... en...' stottert Paulien.

'Margot?' hijgt Anja. 'Dat keurige meisje van de Nederlandse ambassade? Hier, in deze vreselijke buurt?'

'Ach, dat valt wel mee hoor,' zegt Bangla Beppie droog. 'Weet je wat ik zo mooi vind, Hans? Dat jullie je dochter Paulien genoemd hebben.' Ze glimlacht naar Paulien. 'Je opa heette Paul. Hij was de beste man van de wereld!'

'Is mijn opa dood?' vraagt Paulien. 'Of woont hij ook op een verborgen plek in de stad?'

Bangla Beppie schudt haar hoofd. 'Je opa is jaren geleden gestorven, je vader was toen al vertrokken,' legt ze uit.

'Anja, ik moet Bill en de veiligheidsdienst waarschuwen dat onze dochter terecht is en dat er van ontvoering geen sprake is.'

'Moet je hun dat vertellen? Het maakt zo'n slechte indruk,' smeekt Anja. 'Kan dit geen diplomatiek geheim blijven?'

'Ik vrees van niet,' zucht de ambassadeur.

'Ik zal water opzetten in de keuken,' zegt Bangla Beppie snel. 'Dan kunnen we bij een kopje thee of koffie bijpraten.'

20. Feest

Er wordt een bescheiden receptie georganiseerd op de ambassade om de gelukkige afloop te vieren en orde op een paar zaken te stellen. De kleine zaal is versierd met lange slingers en papieren poppetjes. Voor een keer heeft Paulien een paar vrienden mogen uitnodigen. Hasan geeft haar, trots als een pauw, een cricketbat.

'Een mooi cadeau,' vindt Bangla Beppie. 'Wanneer spreken we af om te cricketen?'

'Heb je al genoeg aan je conditie gewerkt?' lacht Paulien. 'Hoe ver kun je joggen zonder buiten adem te raken?'

'Paulien!' schrikt Anja. 'Een beetje respect voor je oma!'

Niemand besteedt aandacht aan haar, zelfs de ambassadeur niet.

'De conditie van Elisabeth is uitstekend,' zegt Emilia. 'En bij mij komt er ook stilaan verbetering in. Je zult nog staan kijken als je ons tweetjes over het veld ziet rennen!'

Anja kijkt van de een naar de ander. Dan loopt ze naar haar andere gasten. Die gedragen zich gelukkig normaal.

Bangla Beppie heeft voor de gelegenheid een tuniek met exotische vogels aangetrokken, met een bijpassende groene broek en een paar vuurrode schoenen. Emilia draagt een beige mantelpakje. Aan haar arm hangt een witte parasol. Ze heeft gezworen om nooit meer een hoed op te zetten. Met een gelukzalige glimlach bijt ze in het gebak van Aminul, dat Hamid haar aanbiedt.

'Kijk, Hamid,' zegt Paulien trots. 'Je hebt me gewoon naar mijn oma gebracht, maar dat wist ik toen nog niet. Mijn oma vertelt ook verhalen, net als die van jou.'

Hamid buigt beleefd voor Bangla Beppie.

'Mag ze ook een keer haar verhalen in deeg komen kneden?' vraagt Paulien.

'Mevrouw is altijd welkom,' zegt Hamid beleefd.

'Het zal me een waar genoegen zijn,' glimlacht Bangla Beppie.

De ambassadeur kijkt naar Paulien en haar vrienden. Hamid gaat rond met een presenteerblad vol gebak. De bakkerij heeft de gebakjes voor een vriendenprijs geleverd, omdat ze voor het feestje van Paulien bestemd waren. De ambassadeur schudt zijn hoofd. Blijkbaar heeft Paulien goede contacten met de lokale bevolking. Misschien is ze toch een goede ambassadeursdochter, denkt hij twijfelend.

De overburen werden ook uitgenodigd. De ambassadeur is zich persoonlijk gaan verontschuldigen. Hij zit erg met de zaak verveeld. Hij is blij dat ze zijn uitnodiging hebben aanvaard, dat betekent dat ze het misverstand willen vergeten. Ze hebben zich feestelijk uitgedost. Waarschijnlijk hebben ze zich in de schulden gestoken voor deze gelegenheid. Misschien kan ik discreet een deel van de kosten op mij nemen, bedenkt de ambassadeur.

Tot zijn grote ontsteltenis maakt zijn dochter vreemde gebaren naar de familie.

'Paulien!' roept hij wanhopig. 'Alsjeblieft! Gedraag je!' Straks verknoeit ze het weer! Die mensen zijn al zo onrechtvaardig behandeld en nu staat zijn dochter hen openlijk te beledigen! Daar komt vast een diplomatieke rel van... De ambassadeur ziet zijn carrière al in elkaar storten. Gejaagd loopt hij op de familie toe om zich nog maar eens te verontschuldigen. Maar een van de kinderen maakt een gelijkaardig gebaar als Paulien en er barst een bevrijdende schaterlach los. 'Murtaza!' roept Paulien en meteen is het ijs gebroken.

Onvoorspelbaar, denkt de ambassadeur, net mijn moeder. Telkens als je denkt dat het mis gaat, komt het goed. Hoe krijgen ze het voor elkaar?

147

'Ik ben blij dat het allemaal achter de rug is,' zegt hij tegen Bill, terwijl ze aan een glaasje nippen. 'Ik wil je nog eens van harte bedanken voor je steun en me excuseren voor de ophef die onze dochter veroorzaakt heeft.'

'Trek het je niet aan, Hans,' zegt Bill. 'Het was een ongelukkige samenloop van omstandigheden. Die dochter van jou is een geval apart. Ik ben blij dat onze veiligheidsmensen haar niet in de gaten moeten houden, ze zouden overwerkt raken.'

De ambassadeur knikt. 'Paulien is inderdaad een geval apart,' zegt hij. 'Ze heeft haar eigen manier om de dingen aan te pakken.'

Bill slaat Hans lachend op zijn schouder. 'En als je het van de positieve kant bekijkt: we hebben de doeltreffendheid van onze veiligheidsdienst nog eens kunnen uittesten,' grijnst hij.

'Hebben ze de spilfiguur van de terroristenbende al te pakken gekregen?' vraagt de ambassadeur.

'We zijn hem op het spoor. Shing heeft ons goed geholpen en Abdur heeft als een havik over jouw moeder gewaakt. Daardoor kon hij een goede beschrijving van een paar verdachte figuren geven. Die man zou een goede spion zijn,' zegt Bill.

'Wat een waanzinnig idee om een boodschap voor een

aanslag via een papaver in een hoed door te geven. Gelukkig voor ons werd de hoed stomweg aan een oud dametje verkocht. En toevallig is deze dame een vriendin van mijn moeder. Nou ja, toevallig. Mijn moeder is een soort magneet voor problemen en avonturen. Net als Paulien.'

Fatema komt met toastjes langs.

'Dat ziet er prachtig uit,' zegt Bill, terwijl hij zich bedient. Maar zodra het toastje in zijn mond zit, beginnen zijn ogen te tranen. Hij grijpt naar zijn zakdoek. 'Stevig gekruid,' blaast hij.

'Vreemd,' zegt de ambassadeur, terwijl hij Bill een stukje banaan aanbiedt. 'Ik vind zelf dat het nogal meevalt.' Op dat ogenblik krijgt de ambassadeur Bangla Beppie en Paulien in het oog. Ze knuffelen elkaar en gniffelen. Ze zijn aan elkaar gewaagd, die twee, denkt hij, ik zal ze in het oog moeten houden, want te veel verrassingen kan ik voorlopig niet aan.

Bangla Beppie geeft Paulien een por. 'Ik heb gewonnen,' lacht ze. 'Ik wist wel dat die Bill als tweede een van onze speciale toastjes zou nemen.'

'De stand is één-één,' besluit Paulien. 'Er zijn nog drie toastjes in het spel. Het volgende slachtoffer is Max. Wedden?'

Verklarende woordenlijst

aashee: tot ziens

asalaam alykum: goeiedag

aste: langzaam, rustig

bhalo: goed

bhat: rijst

Buriganga: rivier bij de stad Dhaka

buulbuul: zangvogel

chapati: platte, dunne broodjes, die meestal warm gegeten worden

curry: een gerecht van vlees of vis en eieren, bereid met
pikante kruiden

Dhaka: hoofdstad van Bangladesh

dhal: linzen

dhonnobad: dank u

dub: kokoswater

Durga Puja: groot hindoefeest dat tien dagen duurt ter
ere van de godin Durga, die afgebeeld wordt met tien
handen waarin ze telkens een ander wapen vasthoudt

Elisabeth: Beppie is een afkorting van Elisabeth

ha: ja

kemon achho: hoe gaat het met je?

kheer: rijstpudding met bruine suiker, rozijnen en kardemom (kruid)

koriander: sterk geurend kruid dat vaak in de Aziatische keuken gebruikt wordt

koi: Japanse siervis

Ma: moeder

mailai: met curry gekruide garnalen en kokos

mukhwas: mengeling van zaden en kruiden om je mond te spoelen en een frisse adem te krijgen

na: nee

riksja: licht tweewielig karretje dat lopend of trappend voortbewogen wordt en waarin 1 of 2 personen kunnen plaatsnemen

sari: kleurrijk geweven doek van ongeveer 5 meter lengte, dat Aziatische vrouwen om hun lichaam wikkelen als jurk

ses: gedaan

shaliks: Aziatische spreeuwen

taratari: vlug